幼馴染のエリート御曹司と偽装夫婦を始めたはずが、予想外の激愛を刻まれ懐妊しました

m a r m a l a d e b u n k o

望月沙菜

JN042550

marmalade bunko

マーマレード文庫

目次

幼馴染のエリート御曹司と偽装夫婦を始めたはずが、予想外の激愛を刻まれ懐妊しました

幼馴染のエリート御曹司と偽装夫婦を始めたはずが、予想外の激愛を刻まれ懐妊しました

1　再会

「舞《まい》？」

「翼《つばさ》くん？」

私は今、どんな顔をしているのだろうか。

鏡があったら今すぐに確認したい。

きっとすごく顔が強張っているのだろう。

まさか、二度と会うことはないと思っていた大嫌いな幼馴染《おさななじみ》と、デート中に再会するなんて。

おそらく翼くんも私と同じことを思っているのだろう。


私、福地《ふくち》舞は都内の小さな貿易会社である北端《きたばた》商事の社長秘書として働く二十八歳。

私はもうすぐ結婚して人妻になる。

お相手は、寺田昭久《てらだあきひさ》さんといって私より三つ年上の三十一歳。大手商社に勤務している。

今日は記念日やサプライズが大好きな彼と、付き合って三年の記念にと、初めてのデートで訪れた人気のテーマパークに来ている。

彼は隣接するホテルまで予約してくれたのだ。

昭久さんは学生時代にラグビーをやっていて、見た目はとてもガッチリしているのだけれど、可愛いものが大好き。

特にこのテーマパークのキャラクターが大好きで、今日着ているパーカーもそのキャラクターだ。

もちろん私も大好きだけど、昭久さんの好きには到底敵わない。

彼は、パークを回る順番もちゃんと決めているようで、私たちはそれに沿って回っていた。

人気のアトラクションは待ち時間が長くても、昭久さんの面白トークで全く飽《あ》きなかった。

キャラクターが現れると、写真をパチリ。

普段のデートでは手を繋ぐのは躊躇《ちゅうちょ》してしまうのだけれど、ここだと周りを気にせず手を繋げた。

限定フレーバーのポップコーンをあーんして食べさせてあげたり、食べさせてもらったり。

テーマパークにいると何をしても平気になってしまう。

途中、彼がここでしか買えないというマグカップ付きの飲み物を買ってくると言うので、近くにあったベンチで待っている時だった。

ふと前を見ると、見覚えのある男性と偶然目があった。

——え？　翼……くん？

いやいや、そんなわけない。

彼は外国にいるはず。

そう思ったのだが、相手の男性も足を止め私をじっと見ている。

ま、まさか……。

そう思っていると、向こうから名前を呼ばれ、私も咄嗟《とっさ》に彼の名を呼んだ。

私に声をかけた男性は、幼馴染の翼くんこと本城路《ほんじょうじ》翼だ。

彼はフリーのオーケストラ指揮者として、日本はもちろん、海外でも活躍している。

身長百八十センチ、細身でキリリとした目に形のよい鼻と、口角の上がった唇。

指揮者としての才能はもちろんだが、この恵まれたルックスも相まってクラシック界では期待のイケメン指揮者として、人気を博《はく》しているらしい。

幼馴染といっても私は全く興味がなく、彼について知っていることといえば、精密機器メーカーとして有名な本城路機工の御曹司《おんぞうし》で、現在はフランスで暮らしているということだけ。

肩書きを聞くだけでも住む世界が全く違う私たちがどうして幼馴染かというと、私の父と翼くんのお父さんが親友同士だったからだ。

生まれた月は翼くんの方が数ヶ月先だった程度で、物心《ものごころ》がつく前から私たちは頻繁《ひんぱん》に会っていた。

翼くんはとにかく可愛かった。

女の子と間違えられるほどだった。

小さい頃のアルバムを見ると、私一人の写真というのは本当に少なく、どれを見ても私の隣には翼くんがいた。

三歳くらいまでは仲がよかったと思う。

砂場で遊んだり、浴衣《ゆかた》を着てお祭りに行ったり、二人で仲よさそうにお昼寝をしている写真は笑顔ばかりだったからだ。

だけど、あることがきっかけで、これ以降の写真を見ると、以前のような笑顔が劇的に減っていた。

翼くんは笑っていたが、私の顔が笑っていない。

思い出すのは、私の両親や翼くんのご両親がむっとしている私に、

「まいちゃん、笑って笑って～」

と、必死に私を笑顔にさせようと声かけをしていたこと。

もちろん私一人の写真はちゃんと笑顔を作っていた。

翼くんがいたから笑顔が消えたのだ。

そのあるきっかけというのがピアノだった。

私の母は女の子が生まれたらピアノかバレエ、男の子が生まれたらサッカーか水泳を習わせると決めていたらしい。

生まれた私が女の子だったので、ピアノかバレエのどちらかなのだが、一歳ぐらいの時におもちゃのピアノで遊んでいる姿を見てピアノに決めたそうだ。

きっかけはとても単純だったし、自分の意思で習い始めたわけではなかった。

だが、レッスンで先生から褒《ほ》められていくうちにピアノが好きになって、四歳の頃には、

「私、ピアニストになって有名になる！」

と周りに言いまくっていた……らしい。

私は全く覚えていないが……。

その頃に翼くんも私と同じ教室でピアノを習い始めたのだ。

そうなったきっかけは、私が作ったようで、翼くん家族が我が家に遊びに来ている時、私が得意げにみんなの前でピアノを披露《ひろう》したことだった。

といっても、先生に褒められた短い練習曲を二曲演奏しただけだ。

だけど大人たちは私のピアノを大絶賛してくれた。

「舞ちゃんはきっと有名なピアニストになるよ」

「舞ちゃんは本当にピアノが上手ね」

四歳の私はその言葉を真に受け得意げに、

「じゃあ、これ弾いてあげる」

なんてかなり上から目線で、自信のある練習曲をもう一曲披露。

チヤホヤされている私を翼くんは羨《うらや》ましく思ったのか、

「舞ちゃんだけずるい。僕もピアノをやる！」

と言い出した。

驚く大人たちだったが、翼くんのお母さんがこれに賛成。

「いいじゃない。私、舞ちゃんと翼の連弾が聴きたいわ」

そのひとことで話はトントン拍子に進み、一ヶ月後には、翼くんもピアノを習い始めた。

個人レッスンだったので、翼くんと教室で会うことはなかったが、私と翼くんが知り合いだと知っていたピアノの先生から、

「翼くん、頑張ってるわよ」

と、よく聞かされたものだった。

だけど、大人が思うほど私たちの仲は良くもなく悪くもなくといった感じだった。

そもそも私は、翼くんのことなど気にもとめていなかった。

自分の方が早くレッスンを受けている、イコール私の方が実力は上だと思っていたからだ。

ところが私の読みは間違っていた。

翼くんの上達は目を瞠《みは》る勢いで、気が付けば同じところをレッスンしていたのだ。

しかも知り合いだという理由で、先生が彼の上達ぶりを逐一《ちくいち》私に教えてくれる。

それが私には煽《あお》られているように思え、焦り始めた。

一年も先に習っているのに翼くんに追い越されたら、ピアニストにすらなれないの

では？

今思えば翼くんにそれだけの才能があったからなのだろうが、当時小学生だった私にはわからなかった。

年齢が上がるにつれ、ピアノを楽しむという気持ちよりも翼くんにだけは負けたくないという思いが強くなっていた。

その頃から私は翼くんと距離をとるようになった。

両親が翼くんの家に行くと言っても、何か理由をつけて留守番していたし、翼くん一家がうちに遊びに来るとわかると、図書館に行ったりして翼くんと会わないようにしていた。

それは子供ながらに、比較されるのが嫌だったからだ。

不意打ちで遊びに来た時なんかは、絶対にピアノの話はしなかった。

翼くんがピアノの話を持ち出そうとすると、テレビゲームをしようと誘った。

だけどそのゲームでさえも、翼くんに勝つことはなかった。

だから余計にピアノだけは負けたくないと、ピアノに向き合う時間は増えていった。

中学年になると、学芸会などでは、

「ピアノは福地さんがいいです」

と、配役よりも先に決まるケースが多くなった。

私イコールピアノが弾ける子という認識は、私にとって大きな自信に繋がった。

大きなコンクールに出場するようになったのも、ちょうどこの頃だ。

小学校ではすごくピアノが上手といわれ、小学生ながらもちょっと天狗になっていた。

ところが中学に上がると、私の立ち位置は微妙になった。

翼くんと中学が同じになったからだ。

翼くんは小さい頃とても可愛かったが、年齢が上がるにつれ可愛いからかっこいいに成長していた。

実際入学すると、私と同じ学区の女子は、翼くんの話題で持ちきりだった。

「三組の本城路くん、めちゃくちゃかっこよくない？」

「かっこよすぎるんだけど」

まるでアイドルを見るような目で翼くんを見ていた子は、同学年の女子だけではなかった。上級生の女子まで、翼くんに注目していた。

そんな学校中の話題になった翼くんは、イケメンで成績優秀、運動神経も抜群、その上ピアノも弾けちゃう。

いろんな意味で翼くんが全部持ってっちゃった感じだった。

幼稚園の頃から仲良しの恵美《えみ》ちゃんが、

「前に話していた幼馴染の翼くんってまさかあの子じゃないよね」

と私に聞いた。

友達と遊ぶよりもピアノの練習に力を注いでいた五年生の時、恵美ちゃんにどうしてそんなにピアノばかりなの？　と言われたことがあった。

その時に翼くんの存在を話していたのだが、恵美ちゃんはそのことを覚えていたようだ。

「そうだよ」

と答えると、恵美ちゃんは慌《あわ》てた様子で私の手を掴《つか》み、教室の片隅に私を追いやった。

「舞ちゃん、それ絶対誰にも言っちゃダメだよ」

「なんで？」

「パシリに使われるか、言いがかりつけられるかもよ」

恋愛よりもピアノ中心の私は、恵美ちゃんに教えてもらうまでそんなこと気にもしていなかった。

「そうなの？」

半信半疑な私に恵美ちゃんは、大きく頷いた。

「ちょっと話をしているだけでも、目をつけられると大変なんだから」

「わかった。言わない」

私自身、面倒に巻き込まれるのは嫌だったし、第一話すこともなかった。

それに運よく中学の三年間は同じクラスになることはなかったから、私と翼くんが幼馴染だということを知っていたのは恵美ちゃんだけだ。

だけど親同士は相変わらず仲がよく、お互いに家を行き来していた。

私たちが直接顔を合わすといえばピアノのコンクールの時だけだった。

だけどその時も会話はない。

というより会話をする余裕がないといった方がよい。

私の中で翼くんの存在は、一番近くにいる最強のライバルだった。

といっても私が勝手にライバル視しているだけであって、翼くんが私をどう思っていたかは知らない。

とにかく私は勉強や運動で負けるよりも、ピアノで負けるのが一番悔しいことだと思っていた。

だけど、私が翼くんに勝てたことはなかった。

たとえ一緒に入賞することはあっても、順位は翼くんの方が常に私の上にいた。

それが私と翼くんの実力の差なのだと頭ではわかっていても素直に受け入れられない自分がいて、本来のピアニストになりたいという夢がこの頃から打倒翼くんという、暗黒時代に突入した。

その後、音楽系の高校に進学した私だが、驚くことに翼くんも同じ高校に進学していた。

大企業の御曹司である翼くんなら、有名私立の進学校も楽勝だったはずなのに、なぜ？

そもそも翼くんは将来父親の会社を継ぐと思い込んでいた。

だからこの時ばかりは直接翼くんに尋ねた。

「どうしてこの学校なの？　てっきり進学校に行くかと思った」

翼くんはさも当たり前な表情を向けると、

「俺、音楽で食べていくつもりだから」

と淡々《たんたん》とした口調で答えた。

「音楽って……まさかピアノで？」

「それはわからない。ピアノかもしれないし、指揮者かもしれない。まあ時間はまだあるからゆっくり考えるよ」

翼くんが言うと本当にそうなりそうな気がして怖かった。

高校ではともにピアノを専攻することになったのだが、翼くんはやはりモテモテだった。

元々男子よりも女子の比率の多いピアノ科。

翼くんは女子からプリンスと呼ばれるほど人気があった。

この頃の私はピアニストになりたいと思いながら、常に翼くんを追い抜くことばかり考えていた。

みんなは、

「本城路くんには敵《かな》わないよね」

と、どこか諦《あきら》めモードだったけど、私は一人でムキになっていた。

だが高校の三年間で、翼くんのセンスと実力に敵わないことを悟った。

ここで私は目標を打倒翼くんから軌道修正した。

ピアニストになるという本来の夢のために頑張った。

その後私たちは別々の音大に進んだのだが、私と同じような思いを持った人が全国から集まってきたことで、さらに自分の実力を思い知ることになる。

そもそもピアニストとして活躍できる人はほんのひとにぎり。

早い段階で自分の実力を思い知った私は、自分の夢を失い、当時はすごく落ち込んだ。

三歳からピアノ一筋だったのに、これからどうしたらいいのだろう。

そんな時、北欧雑貨に出会った。

シンプルなデザインに鮮やかな色使い。ポップだけど上品さを兼ね備えた雑貨たちに魅力を感じた私は、友達を誘い、北欧へ旅行に行った。

北欧雑貨がますます好きになって、その時に北端商事の存在を知った。

そして、運よく就職することができ今に至る。

ピアニストになる夢は叶わなかったが、今は大好きな北欧雑貨に携《たずさ》わる仕事に就《つ》けてとても満足している。

翼くんはというと、音大のピアノ科ではなく指揮科を専攻した。

天才はここでもその才能を発揮した。

指揮者コンクールで見事優勝し、海外留学を経て現在はプロの指揮者として大活躍だそうだ。

もちろんこれらは全て私の母から聞いた情報だ。

二十五歳の時に翼くんが凱旋《がいせん》コンサートのため一時帰国した時に会ったのだが、この時は、本城路のおじさんが、

「翼が帰国してるからみんなで会おう」

と言って、ほぼほぼ強制的に会うことになった。

みんなお酒が飲める年齢になったこともあり、おじさんがとっておきのワインだと言って高価なワインを振る舞ってくれた。

私は嗜《たしな》む程度だが、翼くんはおじさんに似て、お酒は強いらしい。

小さい頃から知っている翼くんがお酒を飲むなんて生意気な、なんて思ったが、全てにおいて大きく成長した翼くんは大人になっていて、不覚にも一瞬ドキッとしてしまった。

楽しくお酒を飲んでいると、話題は結婚になった。

秘書の仕事にも慣れ、仕事が面白いと思うようになった私に、結婚はまだまだ先の話だ。

それ以前に相手がいないんだけど。

私の父は、

「結婚なんて相手もいないからな～。想像もつかんよ」

と複雑な眼差《まなざ》しを私に向けた。

「今は仕事が楽しいから、結婚は考えてません」

いい訳みたいな返ししかできない自分がちょっと情けなかった。

すると本城路のおじさんは、

「そんなことを言ったら翼も同じだよ。浮いた話すら聞いたことがない」

と言いながら翼くんの反応を見ていた。

「僕も仕事が忙しいので……」

と返事をするも、なんとなく含みを持たせるような表情。

すると父は何を思ったか急に立ち上がると、

「だったら翼くん、うちの舞どうだ？」

酒の席とはいえいきなりの爆弾発言に私は呆然《ぼうぜん》。

だが、それに反応する人がもう一人いた。

「おお、それいいな。翼と舞ちゃんが結婚してくれたら、俺たち親戚になるんじゃないのか？」

テンションの上がった父とおじさん。

「それいいじゃない。ねえ、二人とも相手がいないなら――」

母たちも乗り気だが、

「「ないない」」

偶然とは思えないほど、私と翼くんの声がぴったり重なった。

そしてその声に固まる両親たち。

「勝手に盛り上がらないでください。俺も舞もそれぞれ生活をしているわけで、昔のような接点もないいんだから変な期待はしないでくださいね」

釘を刺すような翼くんの言葉に、父とおじさんは顔を見合わせ、

「冗談に決まってるだろ？」

なんて言ってたけど、冗談でも言っていいことと悪いことがあると思う。

幼馴染とはいえ、恋愛対象として見たことなど一度もないのに、翼くんと結婚なんてありえない。

そもそも私は面食いではないし、中高と同じだったけど翼くんにときめいたことは一度たりともなかった……と思う。

おそらく翼くんも同じことを思っているに違いない。

聞かずとも彼の表情だけで読み取れる。

幼馴染の関係で一つだけ学んだのは、翼くんの表情を読み取ること。

きっと海外に彼女がいるから、ここでそのことを話すといろいろと面倒だってことかな。


そして現在。

「珍しいな。こんなところで会うなんて……」

「そ、そうだね……。いつ日本に？」

少しの間があいた。

――なんか変なこと言っちゃった？

最後に会ったのは確か三年前。

両親たちが面白半分に結婚を勧めてきた時だった。

その時の知識で言ってしまったけど、

「……半年ほど前かな？」

「ごめんなさい。つい三年前の感覚で……」

「いや、仕方ないよ。それだけ会っていなかったし……。ところで今日は、まさか一人ってわけじゃないよな？」

まさかと言いながらも翼くんは、私がデート中だと思っていないって視線を投げかけてきた。

「も、もちろん。ちょっと席を外しているだけよ」

そう返事をすると、初めて翼くんの彼女らしき女性の存在を知る。

綺麗《きれい》なロングストレートでスタイル抜群の女性で、私と目が合うと軽く会釈《えしゃく》した。

「もしかしてデート中？」

女性は満面の笑みを私に向けた。

「紹介するよ、婚約者の高里礼子《たかざとれいこ》さん」

「初めまして、高里です」

高里さんが笑顔で会釈する。

続けて私も会釈した。

「初めまして、福地舞です」

「彼女は俺の幼馴染なんだ。といっても親同士が仲がいいだけで……なっ」

同意を求めるように話を振られた。

「そ、そうなんです。私たちは親に付き合わされたって感じかな？」

「そうなんですか」

明らかに興味なさそうな声。

それは致し方ない。

私だって昭久さんの知り合いの女性を紹介されても同じようなリアクションをするだろうから。

「デート中なのにお邪魔しちゃ悪いよね。じゃあ――」

そう言って立ち上がった時だった。

「舞～、お待たせ。すごい並んでてさ～」

何も知らない昭久さんが、満面の笑みで両手に飲み物を持って戻ってきた。

すると、翼くんは私と昭久さんをチラッと交互に見た。

私が男性と一緒にいるとは思わなかったのだろう。

だが、戻ってきた昭久さんは翼くんと、高里さんを見て動きを止めた。

「舞、この方たちって――」

昭久さんは興奮した様子で尋ねてきた。

「ああ、彼は私の幼馴――」

「ええ！」

「昭久さん？」

話の途中で遮る昭久さんに驚く。

「舞って、本城路翼と幼馴染だったの？　……あっ、すみません、本城路翼さん」

呼び捨てで呼んでしまったことに気づき、慌てて言い直すところが昭久さんの真面《ま じ》目《め》でいいところだ。

でも、こんなに興奮している彼を見たのは初めてかもしれない。

そういえば、音楽の趣味が一緒だったことが付き合うきっかけにもなったから、クラシック好きなら翼くんのことは知っていても不思議ではない。

ただ翼くんと幼馴染だったことは、自慢でもなかったから今まで口にしていなかった。

「どちらかというと、私の父と翼くんのお父様が親友同士で……」

「なんだよ。もっと早く教えてくれたらよかったのに」

残念そうにマグカップを手渡された。

そのタイミングで、翼くんが会話に入る。

「舞、この方は？」

「彼は婚約者の寺田昭久さん」

私が紹介すると、昭久さんは大きく一歩前に出た。

「舞さんの婚約者の寺田です。僕、本城路さんの大ファンでCDも持っています。コンサートも行きました」

「そ、そうなんですか。それはありがとうございます」

すると昭久さんの視線は高里さんに向けられた。

「あの……もしかしてヴァイオリン奏者の高里礼子さんですか？」

「ええ」

自分を知っていることに高里さんの表情が明らかに変わった。

「先日、ＮＣＩホールでの管弦四重奏コンサートに行ったんですよ。高里さんのヴァイオリンは本当に素敵で……」

クラシック好きなのは知っていたが、彼女のファンとは知らなかった。

「え？　コンサートに来てくださっていたんですか？」

高里さんの表情はさらに明るくなる。

すると二人は、その時のコンサートの話で盛り上がり始めた。

取り残された感の私と翼くんは、一歩後ろに下がった。

「結婚するんだ？」

そう声をかけたのは翼くんだった。

「そういう翼くんだってあんな綺麗な人と結婚するんでしょ？」

翼くんは少し照れた様子で、まあなと頷いた。

「で？　翼くんの方の挙式はいつなの？　私は四ヶ月後だけど」

「そうなんだ。俺たちは半年後にハワイで挙式」

世界で活躍する翼くんなら、ハワイで挙式と言っても違和感がない。

でもここで会話はストップ。

私もだが、翼くんもこちらの事情には関心がないといったところだろう。あまり踏み込んだ質問もできないといった感じだった。

ところが昭久さんと高里さんの盛り上がりは続いていた。

一体いつまで続くのだろう。

そう思っていると翼くんが間に入った。

「礼子、二人もデート中なんだし……」

——確かにそうなるよね。

正直、翼くんが止めてくれて助かった。

そう思っていたのだが……。

「そんな、大丈夫ですよ。っていうかこのままバイバイするって勿体《もったい》ないですよ」

「昭久さん？」

嫌な予感がした。

私もそろそろ解散して、昭久さんとのデートを楽しみたかった。

翼くんもそうだろう。

だがそんな思いなど知らない様子で昭久さんは続けた。

「これも何かの縁ですし、一緒に回りませんか？　僕、ちゃんとスケジュールを組んでまして」

ドヤ顔の昭久さんに対して私と翼くんの顔が強張る。

「昭久さん、二人のデートの邪魔をしちゃ悪いんじゃない？　向こうも予定を立ててると思うし」

私がダブルデートを阻止しようとするが、

「そんなことないわ。私も寺田さんたちと回りたい。ね？　いいでしょ？」

高里さんが、翼くんに同意を求める。

「……まあ～寺田さんがいいっていうのなら」

明らかに嫌そうな翼くん。

それは私も同じだ。

そもそも今日は記念日デートじゃなかったの？

学生じゃあるまいし、ダブルデートだなんて……。

「じゃあ、決まりってことで。高里さんたちってどこ回りました？」

昭久さんはパーク内のマップを広げた。

「え～っと、私たちはここととここ、あとは……」

昭久さんと高里さんはマップを覗《のぞ》き込みながら計画を立て直している。

その後ろで私と翼くんはなんともいえない空気を漂わせ、二人の様子を見ていた。

「なんだか悪いな……」

「いえ、こちらこそ。せっかくのデートだったのに彼の無茶振りに付き合わせてしまってごめんなさい」

だけど会話はこれで途切れ、出てきたのは小さなため息だった。

しばらくすると昭久さんが、

「お待たせしました。一応こういうルートで進めるね。高里さんたちも今日はパーク内のホテルに宿泊するそうだから、思い切り楽しみましょう」

「「う、うん」」

久しぶりに二人の声が重なった。

今日は二人の記念日デートなのに、完全に学生のノリの昭久さん。

それに便乗《びんじょう》するようにノリノリの高里さん。

そして全く乗り気ではない私と翼くんのダブルデートが始まった。

ところがいざ一緒に行動していると、どっちがどっちの彼氏と彼女？　と思うことが多々あった。

私が昭久さんと並んで歩いていたのは最初のうちだけ。

三十分待ちのアトラクションに並んでいると、私の横に並んでいた昭久さんは、後ろを向いて、並んでいる高里さんと音楽の話で盛り上がっている。

話に夢中になり列が進んだことにも気づかず、

「昭久さん？」

と何度私が彼の服の袖《そで》を引っ張ったことか。

なんか私と並ぶより、高里さんと並んだ方がいいのでは？

私ってお邪魔虫？

楽しいはずのテーマパークが、嫉妬《しっと》でつまらなくなりかけていた。

多分翼くんも私と同じように思っているだろう。

元々翼くんは表情を顔に出さないけど、絶対に気分のいいものじゃない。

なんでお前が俺の彼女と喋《しゃべ》ってばかりなんだ。

そもそもいい大人がダブルデートとかありえないだろう。

なんて思っているに違いない。

楽しさが半減しながらも記念日だからと自分に言い聞かせながら、一応乗りたかったアトラクションは制覇した。

もちろんその間、昭久、高里コンビは楽しそうに会話を弾ませていたのだが……。

途中、二人はスマートフォンを取り出して何かやりとりをしていた。ときどき、笑いながら高里さんが昭久さんにボディタッチする。

話に夢中になったのか、向こうから歩いてくる人に気づかず、ぶつかりそうになった高里さん。

昭久さんは庇《かば》うように抱き寄せた。

「ダメですよ礼子さん。怪我でもしたら大変です。あなたは演奏者なんだから」

私はその場で固まった。

なんなのあれは……。

しかもさっきから昭久さんは高里さんのことを礼子さんと名前で呼んでない？

私の時なんて、福地さんから舞に呼び方が変わるまで半年以上時間がかかったのに。

気になりだしたらこんな小さなことでも嫉妬してしまう。

その後も何事もなかったように楽しむ二人。

私の存在忘れてない？　と何度思ったことか。

昭久さんは、ときどきハッと思い出す感じで、

「舞は楽しんでる？」

と確認をする。

嫉妬でモヤモヤしているのは恥ずかしいし、きっとこんなことは最初で最後だろうと、私は心の広い、彼氏に愛される女性を演じた。

「とっても楽しいよ」

「よかった。本当に今日は記念日らしい記念日になったね。だってあの本城路翼と高里礼子に会えて、一緒に行動してるんだよ」

あまりに嬉《うれ》しそうに話す昭久さんを見ていたら、嫉妬していた自分がとても心の狭い人間に感じられた。

それからも四人で行動していたのだが、これから人気のパレードが始まるという時だった。

「寺田さん、申し訳ないんだが、ディナーの予約を入れているから今日はこれで失礼

します」

殊更に堂々とした口調で言って翼くんが頭を下げた。

チラリと高里さんに目をやると、心なしか残念そうな顔に見えたのは私の考えすぎだろうか。

私は、やっと二人きりの時間を過ごせると心の中でガッツポーズ。

ところが、

「そう……なんですか。それは残念です」

彼の言葉は社交辞令でもなんでもなく、きっと本音だ。

感情が顔に出まくっていたからだ。

「本当に残念です。あと……舞のことよろしくお願いします」

翼くんはもう一度頭を下げた。

「もちろんです。彼女を幸せにします」

彼はそう言ったけど、さっき見せた表情から、本当に私を幸せにしてくれるのだろうかと一抹《いちまつ》の不安を感じた。

私たちはホテルへ向かう翼くんたちに手を振ると、パレードへと向かった。

そしてパレードが終わると予約してあったパーク内のレストランで夕食を楽しみ、

閉園ギリギリまで過ごすと、ホテルへ向かった。

そんなダブルデートから一ヶ月半ほどが経ち、結婚式まで三ヶ月を切った。

そろそろ結婚式の招待状を送る時期になった頃。

「社長、航空券の手配できました」

「そうか、急で悪かったね。助かった」

一礼して自分のデスクに戻ろうとすると、

「そういえばもうすぐ結婚式だね。準備は順調？」

「はい」

「それはよかった。でも福知さんに辞められると、これからこういう航空券の手配も自分でやらなきゃいけなくなるのか」

社長が大きなため息をついた。

「福知さんには航空券の手配はもちろん、なんでも任せていたから、この先が不安だよ」

私は昭久さんの強い希望で結婚を機に退職し、専業主婦になる。

この会社は挙式の一週間前に退職する。

でも社長は私が退職したら新しい秘書はつけないとのこと。

大企業ではないし、社長は自由人で今回のように思いつくと買い付けに行っちゃうような人だから、秘書をつけなくても大丈夫だと思う。

そもそも、私は秘書になるために入社したわけではない。

我が社は、北欧系のインテリアを中心に、ファブリックやステーショナリーなどを取り扱っている。

元々社長の趣味の延長線で起業した会社だった。

社長はあまり欲がないというか、業績を上げて会社を大きくしたいとは思っていなかったようで、最初は従業員もいなかったそうだ。

ところが、社長の買い付けする商品がとても好評で、現在では社員が五十名ほどまで増えた。

主な取引先は、個人経営の生活雑貨店やインテリアショップ。

多数の店舗を構えるようなお店とは取引せず、現在は新規のお取引も受けていない。

商品の数を多くは確保できないこともあるが、会社を始めた頃に助けてくれた取引先のおかげで今があるので、そういう相手を大事にしようと開拓はしていないのだ。

そんな小さな会社だけれど、取り扱う商品はどれも可愛くて、センスがよいおしゃれなものが多く、雑誌などに取り上げられることが多くなった。

そんな時に私は入社した。

当初は大好きな北欧雑貨に囲まれて仕事ができることに期待感を爆発させていたのだが、やることになったのはなんと秘書。

しかも会社に過去秘書はおらず、今回が初めてだった。

そんな社長が秘書を置くことを決めたのは、社長の海外出張が多くて、その時の手配をする人手が欲しかったというのが最大の理由だ。

最初は正直ショックだったけれど、全く雑貨に関われないわけでもなかった。

社長のお供で二回ほどフィンランドとスウェーデンに同行し、いろいろと勉強させてもらえた。

商品知識も営業担当と同じレベルになれたし、今は秘書になって本当によかったと思う。

だから昭久さんから専業主婦になってほしいと言われた時は、すごく悩んだ。

だけど、商社勤めの彼を支えたいという思いもあり、悩んだ挙句会社を辞める決意をしたのだ。

「私が秘書になる前は社長ご自身で手配されてたんですよね？　大丈夫ですよ」

「確かにそうだな。でも戻ってきたかったらいつでも連絡くれよ」

「はい」

社長には悪いけれど、そんなことは多分ないだろう。

大好きな北欧の家具に囲まれた二人の新居で、大好きな旦那様のために手料理を振る舞い、彼を支える。

そんな未来を予想していた。


昭久さんは商社に勤めており、毎日忙しく平日に会うことは少なかった。

その分、週末は二人の時間を取るようにしていた。

でも結婚式が近くなるとやることがいっぱいで最近会ったのは数えるほど。

それでも私は何も疑問を感じていなかった。

今は忙しくてなかなか会えないけど、結婚したらずっと一緒だ。

だから不安はなく、自信だけがあったのだが、そんなある日。

【大事な話があるんだけど、仕事終わりにいつもの店に来てくれるかな】

お昼休みに昭久さんからメールが届いた。

いつもの店というのは、待ち合わせ場所に使っている、昭久さんの会社近くのファミリーレストランだ。
それにしてもなぜメール？
普段ならメールではなく電話が多いのに。
【わかった。十八時までには着けると思うから】
と返信したが、彼からの返信はなかった。
仕事を終え、急いで会社を出るとファミレスへと向かった。
だが、そこにいたのは昭久さんの他にもう一人。
一瞬わからなかったけど、翼くんの婚約者である高里礼子さんもいたのだ。

2　崖っぷちの選択

――なぜ高里さんが昭久さんと一緒にいるの？
待ち合わせのファミレスにいたのは昭久さんだけではなかった。
どういうわけか、翼くんの婚約者である高里さんも同席していたのだ。
しかも二人は四人掛けのテーブル席で並んで座っていた。
普通に考えても彼の隣に座るのは私ではないの？
だけど、二人の姿を見てふとよぎったのは、あのダブルデート事件だ。
でもそれは数時間で終わり、それ以来高里さんには会っていない。
私はね。
ってことは、私の知らないところで昭久さんは高里さんと連絡を取っていたってこと？
いやいや、それはないでしょう。
「お客様？」
入り口で立ち尽くしている私にホールスタッフが声をかけた。

「あっ、すみません。待ち合わせなんで」

そう言って昭久さんの方を指さすと、スタッフは頷いた。

とりあえず落ち着こうと、深呼吸をすると私に気づいた昭久さんが手を上げようとしたのだが、途中でその手を下ろした。

いつもなら大きく手招きするのに。

しかも高里さんは私に気づくと、昭久さんとの距離をとるように少し離れた。

――なんなのこれ。

え？　今のはわざと？

もう頭の中は悪い方にしか考えられなくなってしまった。

謎は増すばかり。

「遅くなってごめんなさい」

「いや、大丈夫。僕たちも今さっき着いたところだから」

――え？　僕たち？

並んで座っているのも、僕たちと言っていることも腑に落ちない。

普通に僕たちっていったら私と昭久さんのことじゃないの？

いや、落ち着け私。

もしかしたらテーマパークの時のようにダブルデート？

昭久さんの好きなサプライズ的な？

ということは翼くんも後から来るってこと？

いまいち状況はわからないが、私は彼らの向かいに座った。

「何か頼んだの？」

本当はいきなり本題にいきたいところをグッと堪《こら》えた。

「これから頼もうと思って……でも」

でも……って何？

早速本題に入るの？

そう思った時だった。

「お待たせ……って……何？　これ」

頭上から聞こえた聞き覚えのある声に、視線を移した。

翼くんだ。

やっぱりダブルデート？　と思ったのだが、

「なんで舞がここに？」

つまりなんで呼ばれたのか翼くんも知らないってこと？

「なんでって私も呼ばれたから」

「……そうか」

翼くんもどこか表情が暗い。

「座ったら？」

「あっ、ああ」

きっと翼くんも私と同じことを考えていたに違いない。

なんで俺が舞の隣に座るんだ？　って。

仕方なくといった様子で、私の横に座った翼くん。

その間、高里さんはひとことも言葉を発していない。

ダブルデート説は消えた。

じゃあなんなの？　この重たい空気は？

いいことじゃないのは確かだ。

すると昭久さんはメニュータブレットを操作し始めた。

「皆さん、コーヒーでいいですか？」

「「はい」」

また翼くんと声が重なってしまった。

昭久さんは注文確定のボタンを押し、タブレットを元に戻した。

そして姿勢を正すと、私をまっすぐ見た。

その表情は、いつもの穏やかなものとは真逆の険しいもので、何か自分が悪いことをしたのかと思うほどだった。

実は、私たちはお互い忙しくてここ二週間ほど顔を合わせていない。

もちろん翼くんたちを誘うような遊びの話は何もしていない。

そんなことを考えているうちに飲み物が運ばれてきた。

だが、それを見て私は違和感を覚えた。

コーヒー三つにオレンジジュース一つ。

昭久さんはオレンジジュースを当たり前のように高里さんに回した。

さっき私たちは「コーヒーでいいか」と昭久さんに聞かれたけど、その時高里さんは何も言っていなかった。

ということは、聞かなくても彼女がオレンジジュースが好きだというのを知っていたってこと？

なぜ？

第一彼女がコーヒーじゃなくオレンジジュースを好んでいるのなら、昭久さんではなく翼くんがそういうはずでは？

考えれば考えるほど謎が多すぎる。

すると昭久さんと高里さんが一瞬顔を見合わせた。

そして姿勢を一度正すとまっすぐこちらを見た。

改まって何を？　そう思っていると突然二人が思い切り頭を下げた。

頭がテーブルにつきそうなほどの勢いで。

「ど、どうし――」

「すまない。結婚を白紙にしてほしい」

「え？」

理由もなくいきなり白紙と言われて、はいそうですかとはいかない。

それにどうして高里さんまで頭を下げるの？

何をどう聞こうかと思考を張り巡らせていると高里さんが口を開く。

「翼さん、ごめんなさい。私もあなたと結婚はできません」

え？　翼くんも別れを切り出されてるの？

状況を把握できない。

いや、そうじゃない。

頭の片隅にそうじゃないかと思う理由は存在していた。

だけど翼くんは私と違い、かなり冷静だった。

「いきなり結論を言われても納得できないよ。一体どういうことなのか説明してくれ」

感情を出さず淡々と話す翼くん。

なんでそんなに冷静でいられるの？

そう思いチラリと翼くんの顔を見た私は驚いた。

口調は優しいものの、目は鋭く、静かな怒りを感じる。

こんな翼くんを見るのは初めてだった。

高里さんは、下を向いたままで、ちゃんと説明しなきゃってわかっているのに言葉が出せない様子だった。

すると昭久さんが勢いよく頭を下げた。

「僕が悪いんです。彼女のことが忘れられなくて……」

「寺田さんには悪いが、俺は礼子に聞いているんだ」

鋭い目つきに昭久さんは目を逸《そ》らし下を向いた。

「礼子、理由を言ってくれなきゃ俺は認めない」

すると、高里さんはパッと顔を上げた。

そして大きく深呼吸をすると翼くんを見た。

「お腹の中に彼の子がいるの……だから」

――彼の子？　彼って誰？

翼くんはため息をつくと、コーヒーを一口飲んだ。

「悪いが一度整理させてくれ。礼子は今、妊娠しているんだな？」

高里さんは小さく頷いた。

「で、お腹の子の父親は俺ではないということなんだな？　それは確かか？」

「はい」

「じゃあ、お腹の子の父親は誰なんだ」

すると昭久さんが何かを言おうと口を開いたのだが、高里さんは昭久さんの袖をぎゅっと引っ張って止めた。

「この人です」

高里さんからさっきまでの不安そうな表情は消えていた。

覚悟を決めた目というのだろうか。

強い意志を感じた。

だけど私は、それどころではなかった。

だって高里さんは妊娠してて、その相手というのが昭久さんってことなんでしょ？　仕事が忙しいと、結婚式を控えているのになかなか会ってくれなかったのは、高里さんと会っていたからってことになる。

「ねえ……ちょっと待ってよ。ちょっとなんなのこれ」

あまりの衝撃の大きさに手が震えだした。

同時に怒りも込み上げ、自分でも何をするかわからなくなっていた。

頭の中では出会いや、結婚式の準備に追われていたこと、彼のために仕事を辞めるか続けるか苦悩したことが回っている。

すごく悩んで諦めたこともあった。

だけどそれは彼のことが好きだったし、彼を支えたいと思う気持ちからだった。

それら全てが泡となって消えたんだと思ったら、涙しか出なかった。

すると翼くんが私の震える手を落ち着かせるようにぎゅっと握った。

「舞、俺が代わりに聞いてやる。いいな」

私は小さく頷いた。

「経緯《けいい》を聞かせてもらおう」

するとと昭久さんは

「わかりました」

と言ってこうなった経緯を話し始めた。

二人はダブルデートの時にお互いの連絡先を交換したそうだ。

その後、昭久さんの方から連絡を取って高里さんと会い、それから何度か食事をするようになった。

するすると突然高里さんが、

「私、お腹の底から笑ったことってなかったの。だけど昭久さんといると、自然に笑顔になれて、私をたくさん笑わせてくれて……ああ、幸せだなって。そう思ったら自然に涙が出ちゃったの。本当にあなたと結婚することが私の幸せなのかなって」

そう言って視線を落とした。

「礼子……」

「いまさらこんなこと言うなんてひどい女だと思うけど、あなたといるより昭久さんといたいって思うようになって」

「それは僕も同じです」

割り込むように言葉を発したのは昭久さんだった。

「舞といると楽しいし、舞の悪いところなんてないんだ。だけど、言葉では言い表せないんだけど、礼子さんといるとすごく落ち着くんだ」

「ずるいよ」

「舞？」

昭久さんが私を見た。

「回りくどい言い方しないでよ。どんなに言葉を並べても意味ないのよ。要は私より高里さんが好きなんでしょ？　私との結婚をやめてもいいってほど彼女が好きなんでしょ？」

「舞？」

昭久さんは私の強い口調に驚いている。

だって今まで、喧嘩《けんか》をしたことがなかったんだから。

それは昭久さんに嫌われたくなかったから。

だけど言わずにはいられなかった。

「高里さんも同じなんでしょ？　たくさん笑わせてとかどうでもいいの。そんなことより、あなたたちは私たちをどん底に叩き落としてでも自分たちの幸せを選んだってことを忘れないで」

自分がすごく汚い言葉で罵《ののし》っているってわかってる。

もっと冷静にならなきゃ。

大人でしょ？　って頭ではわかっていても裏切られたことは許せなかった。

正直昭久さんのことが好きなのかも今はわからなくなっている。

あの時テーマパークに行ってなきゃとか、翼くんと再会しなければとか、頭の中はたられればのオンパレードだ。

だけど本当に悔しい。

だって結婚式まであと三ヶ月を切ったというのに……。

下を向いたまま顔が上げられなかった。

すると翼くんが私の手をぎゅっと強く握った。

「舞、俺の代わりに言ってくれてありがとう。本当だったらこいつをぶん殴っていたところだ」

「本当に申し訳ございません」

昭久さんと高里さんは下を向いたまま顔を上げようとはしない。

そんな状態のまま翼くんは質問を続ける。

「あんたたちの気持ちはわかった。こうなった以上結婚は白紙ということになるが今後どうするつもりだ？」

「お二人が許してくれるのなら籍を入れようと思ってます」

昭久さんが答えると、

「俺たちが快く許すとでも思ってるの？」

感情のない低い声が返ってきた。

「そ、それは」

「まあ、俺たちには関係のないことだから好きにしたら？　でもさ、結婚式はどうするつもりなんだ？　お互い式場キャンセルするの？」

「それは」

「舞たちは俺たちより早かったよな？　キャンセルできるの？」

「……ごめんなさい」

翼くんの質問攻めに二人は謝ることしかできないようだった。

「当たり前だが俺と礼子の挙式はキャンセルさせてもらう。もちろん費用はそっちでなんとかしてくれ」

翼くんの冷静だが低く冷たい声は二人の反論を許さなかった。

続けて翼くんは昭久さんだけを見据えた。

「寺田さん」

「は、はい」

「舞との結婚式にかかった費用は彼女へ返していただきますよ」

「は、はい」

翼くんの鋭い声にびっくりしたのか、昭久さんの声はうわずっていた。

そして沈黙が流れた。

二人は下を向いたまま、顔を上げようとせず、翼くんは腕を組んだまま二人を睨《にら》んでいた。

彼女の場合、こんな理由で翼くんとの結婚式がキャンセルになったのだからその費用は高里さん側が払うしかない。

だけど、それを承知で昭久さんと一緒になると言うのなら、私からは何も言えない。

翼くんから、他に話しておかなきゃならないことはないかと聞かれ、マンションのことを思い出した。

本来は、結婚したら昭久さんの所有するマンションに住むことになっており、家具をはじめお気に入りの雑貨など全て私が購入した。

でも白紙になった以上撤去しなきゃいけない。

「私が購入した家具は全て撤去します」

せっかく自分のお気に入りの家具を社割で買ったのに……。

「わかった。本当にすまなかった」

昭久さんは修羅場《しゅらば》を乗り切ったと安堵《あんど》の表情を浮かべていた。

その顔を見たらまた腹が立ってきた。

「……許してないから」

「え？」

昭久さんは驚いた。

「あなたと別れたからといってあなたを許すのは別問題だから。あなたは私や翼くんを裏切った。高里さん、あなたもです。だから今後一切私に関わらないで」

二人はバツが悪そうに下を向いていた。

「舞、帰るか？」

「うん……あっ、ちょっと待って」

私は指にはめていた婚約指輪を外すと昭久さんの前に置いた。

「あっ……でもこれは君にあげたものだし」

「いらないから返すの」

私は翼くんに促《うなが》されるように席を立った。

ファミレスを出ると、大きなため息と虚《むな》しさが襲ってきた。

「大丈夫か?」

翼くんが声をかけた。

「大丈夫なわけないじゃない。翼くんだって……大丈夫?」

正直、人の心配などする余裕なんてないのだけれど。

「俺だって大丈夫じゃないよ。まさか舞の婚約者に取られるとは……」

「それはこっちのセリフ。よりによってって感じ。でもまだ実感湧かないんだよね。夢でも見ているような?」

「未練はあるのか?」

私は首を横に振った。

「どうかなー。なんかあの人、自分の幸せだけを考えていたんだなって思ってさ。そしたらなんか急に冷めちゃって」

「まあ、みんな自分が可愛いからな。でも生まれてくる子供には罪はないし、結婚する前に気づいてよかったと思うしかないよな」

「そうだね」

今は辛いけど、時間が解決するんだろうな。

「ところでこれからどうするんだ？」

「とりあえず両親には話さないと……ってことは、仕事も辞めなくて済むんだ」

結婚したら仕事は辞めてほしいというのが昭久さんの希望だった。

でも結婚そのものがなくなった今、辞める必要はない。

「結婚したら仕事辞める予定だったのか」

「うん、でも今の仕事は好きだし本当は辞めたくはなかったんだよね。それより翼くんは大丈夫なの？　私と違って有名人じゃない」

「……そうだな。まあ、なんとかなるだろう」

翼くんは私と違ってすごく落ち着いていて、自分のことより他人の私のことを心配してくれる。

大人だな。

「じゃあ、私帰るね」

「……ああ」

店の前でいつまでも話しているわけにもいかず、私たちは解散した。

だけど一人になった途端《とたん》、ファミリーレストランでのこと、高里さんの妊娠、いろんなことが頭に押し寄せてきた。

結婚式がなくなっただけならともかく、結婚そのものが破談になったこと。

昨日まで、いや、ファミリーレストランに着くまではよかったのに。

何度考えてもこの現実を覆《くつがえ》すことはできない。

わかってるのに、わからない。

どんなに物分かりのいい人でもきっとこんな裏切りは許せない。

付き合った時間ってなんだったの？

今まで彼と過ごした時間は全て無駄だったってこと？

彼との結婚のために費やした時間も全てが無駄だったの？

自問自答しても答えは見つからず、ただただ結婚が破談になった事実だけが私の心を突き刺していた。

それから自分がどうやって帰ったのかあまり覚えていない。

ただ、帰宅した私の顔を見た家族の驚いた顔だけは、覚えている。

「舞？　あなたどうしたの？」

「え？」

「お父さん、ちょっと来て！」

母が父を呼ぶほど私はおかしなことになっているの？

「お母さん、私そんな変？」

「変に決まってるじゃない。目が腫《は》れて……一体何があったの？」

するとリビングから父がやって来た。

「母さん何を慌てて……っておいどうした！」

父までも私の顔を見て固まっている。

「実は結婚が……なしになったの」

「「ええっ？」」

両親の声が重なった。

「なくなったってどういうことよ」

「いや、それより早く上がってとりあえず着替えてきなさい。話はその後聞くから」

「うん」

自室に戻り、部屋着に着替えながら鏡に映る自分を見て両親が驚いたのがわかった。

――目が腫れて一重《ひとえ》になってる。

自分では全く意識していなかったが、私はファミレスから自宅までの道のりを泣きながら帰っていたのだ。

もちろん声に出さずに。

周りにいた人は私を見てどう思っただろう。

でも、そんなことはもうどうでもよかった。

見た目より心の方が傷ついているのだから……。

リビングに行くと、父が誰かと電話をしている。

「どうしたの？」

「お父さん電話中なの？」

「本城路のおじさんからみたいよ」

「え!?」

本城路と聞いてハッとした。

父親同士が親友で我が家と本城路家はとっても仲がよい。ということは、どちらかが言えばバレるのだ。翼くんもご両親に話をしたのだろう。

でも話さざるを得ないよね。

だっておじさんは会社社長で、息子は有名人。結婚が白紙になるということはうちよりも大問題だ。

私の父も翼くんのことで驚き、おじさんも私の破談を聞いて驚いているんだろう。

この電話、きっと時間がかかる。

出直そうかと思ったが、

「ほら、座って。紅茶にする？　それともご飯食べた？」

母は心配そうに私を気遣《きづか》ってくれる。

「紅茶もらえる？　アイスティーがいいな」

流石《さすが》にご飯を食べる気力はない。

ソファに座りながら父の電話が終わるのを待つ。

一体どんな話をしているのだろう。

ときどき父の口から慰謝料《いしゃりょう》ということが出ていた。

結婚式を控え、忙しいけど幸せだったはずの翼くん。

まさか婚約者が翼くん以外の男性の子を妊娠しているなんて……。

きっと本城路のおじさまはそのことを知って大激怒し、慰謝料請求とかのことを私の父に話しているのだろうな。

確かに翼くんも私も相手に慰謝料を請求できる条件は満たしている。

彼が私以外の女性を妊娠させたと知った時は、それなりの責任と慰謝料を請求したいと思った。

だって昭久さんと結婚するまでに費やした時間があのダブルデートをきっかけに、全てなかったことになったのだから。

帰り道も自分が泣いていることさえわからないほど打撃は大きかった。

だけど、今は慰謝料のことは考えていない。

甘かったかな？

やっぱり慰謝料を請求するべきかな？

でも生まれてくる赤ちゃんのことを思ったら、そこまで冷酷にはなれなかった。

だって子育てって私が思う以上に大変だろうし、お金もかかるっていうから。

ただ、娘の花嫁姿を楽しみにしていた両親には申し訳ない気持ちでいっぱいだ。

だってもしかしたら二度とその機会はないかもしれないのだから。

なんだか今度のことで結婚というものが心底嫌になった。

そう考えると私って親不孝者だよね。

「はい、アイスティー」

「ありがとう」

母からグラスを受け取ると、勢いよく飲んだ。

そういえばファミレスではコーヒーにもお水にも口をつけなかった。

「舞、明日は会社行ける？」

「大丈夫。却《かえ》って仕事をしていた方が気が紛《まぎ》れるし」

「確かにそうかもね」

すると電話を終えた父が戻ってきた。

私は、昭久さんとの結婚が破談になったことを話した。

その理由は、別の女性との間に子供ができてしまったためだということ。

結婚式の準備にかかった費用の返還。

一緒に住む予定だったマンションに運んだ家具を撤去しなきゃいけないこと。

などを淡々と説明した。

その横で、母が悔しそうに唇を噛《か》み締めている。

――母にこんな顔をさせるつもりなどなかったのに……。

「弁護士を立てたりする必要はあるのか？」

父は落ち着いた表情で尋ねた。

「もし、向こうが約束を破ったらね。でも今は大丈夫」

「わかった」

でも理解してくれたのは父だけで母は違った。

「舞はそれでいいの？　こんな裏切り、お母さんは許せない」

「もちろん許してなんかいないよ。だけど、お腹の中の赤ちゃんに罪はない」

「で、でも」

「結婚する前でよかったと思ってよ」

母は納得してはいない様子だったが、私の意見を尊重してくれたようで、それ以上何も言わなかった。

「舞」

「はい」

「辛い気持ちはわかるが、こうなった以上はもう後ろを向かず、前を向くように」

「はい。それと仕事を続けようかと思う」

「それはちょっと待ってくれ」

意外な言葉だった。

そもそも父は私が結婚を機に仕事を辞めると言った時、あまりいい顔をしなかったからだ。

「え？　なんで？　私は元々仕事が好きだから……」

「でも、結婚が破談になったことを言えるのか？」

「……それは……」

職場の人たちに寿《ことぶき》退社すると伝えた時、たくさんの人たちが、おめでとうと言ってくれた。

でも実際は幸せを掴み損ねた。

挙式直前に破談になった私をみんなはどう思うだろう。

プライドとまではいかないけど、私にも後ろめたさや、恥ずかしさはある。

だからといって結婚もしないのに寿退社するというのもかなり後ろめたい。

どっちにしたって後ろめたいのには変わりはない。

じゃあどうしたらいいのだろう。

こんな悩みを持つ予定ではなかったのに……。

「は～」

深いため息をつく私に父は、

「明日は出勤できるのか？」

「うん」

「そうか……悪いが明日、仕事が終わったらお父さんの会社に来てくれないか」

「え？　なんで？」

「……ちょっとな。悪いが母さん、明日の晩ごはんは外で済ますから」

「……わかったけど」

ちょっとなってなんだろう。

晩ごはんは外でっていうくらいだから、私を慰《なぐさ》めるために高級寿司でも食べさせてくれるとか？

今は両親が目の前にいるし、気を張っているから普通に会話ができるけど、一人になったらいろいろ考えてしまいそう。


翌朝、鏡の前に立った私は自分の顔を見て固まった。

めちゃくちゃ目が腫れぼったい。

両親に報告した後、自室に戻ると、張っていた気持ちが抜けたように再び涙が溢《あふ》れていた。

この涙の意味が、結婚できなくなったことなのか、今まで過ごした彼との時間が無駄になったとわかったからなのか、浮気されたことなのか、それともファミリーレストランで彼が彼女と並んで、彼女を守ろうとしているのを目の当《ま》たり《あ》にしたことなのか、あるいは全てひっくるめてなのか……。

いずれにしても自分が思った以上にショックが大きくて、ほとんど寝られなかった。

その結果が、顔に出てしまった。

温かいタオルで顔を引き締めつつ、メイクでなんとか誤魔化《ごまか》し出社した。

運がよかったのか、今日の社長は外出が多くほとんど会社にいなかったので、ひどい顔を見られずに済んだ。

仕事も定時に終わったので、急いで父の会社へ向かった。

大手食品会社に勤めている父の会社は私の会社から二駅ほどのところにある。

大きな自社ビルのエントランスで待っていると、父が小走りでやってきた。

「待たせたか？」

「今来たところだよ」

「そうか、じゃあ行くか。タクシーもそろそろ来るから」

エントランスを出ると、ちょうどタクシーが目の前で止まった。

早速乗り込むと父はとあるビルの名を告げた。

そのビルの名前をどこかで聞いたことがあった。とても大きなビルで、たくさんの会社が入っている。

その付近には商業ビルも隣接しているので、きっと美味《おい》しいものをご馳走《ちそう》してくれるのだろうと心弾ませ目的地へ向かった。

予想通り、タクシーを降りると父は商業ビルの方へ向かった。

「ねえ、どこに行くの？」

「すぐそこ」

父はそれしか教えてくれない。

『そこ』と言われてもわからないが、それより美味しいものを食べて嫌な気持ちを忘れるんだから！

と、気合を入れた。

私の予想は見事的中。

高級寿司店の前で父は足を止めた。

「ここ？」

少し興奮気味に尋ねると、父は黙って頷いた。

回らないお寿司だとウキウキしながら店内に入ると、気温が三度ぐらい下がったような涼しさを感じた。

そしてしわ一つない白衣を着た板前さん。

ショーケースのないまっさらなカウンターが高級感を漂わせていた。

父が名前を告げると、奥の席へ案内された。

カウンターじゃないんだと思いながら個室に入った私は目が点になった。

――なんで？

個室には先客がいた。

なんと翼くん親子だ。

まさか四人で残念会でも開くの？

「お父さん？」

「親父？」

一体どういうこと？　と目で訴《うった》えるが、スルーされてしまう。

どうやら翼くんも私が来るとは知らなかったらしく、かなり驚いている様子。

「舞ちゃん久しぶりだね」

「ご、ご無沙汰しております」

「まあ、座ってくれ」

本城路のおじさんに促され、動揺しながら座った。

と同時にお茶が運ばれると、おじさんは店の人にひとこと「頼みます」と言って視線を私に戻した。

「驚かせて悪かったね。ただ二人とも素直に来てくれると思えなくてね」

確かに事前に聞いていたら来なかっただろう。

それにしてもなんで呼ばれたの？

まさか私と翼くんが同時に破談になったから、慰めようと？

親子二人でしんみりするよりは、人数が多い方がいい的な？

そもそも私たちはお互いの相手同士がくっついてしまったわけで、正直いって翼くんと会うのは逆効果なのでは？

きっとそれは翼くんだって同じなはずだ。

黙っている私をよそにおじさまは話を続ける。

「翼から聞いたよ。舞ちゃんの婚約者と、その……翼の婚約者が……」

気を遣《つか》ってくれるのはありがたいけれど、ストレートに言ってくれた方がいい場合もある。

「そうなんですよ。世間は狭いですね」

つい私も他人事のように返してしまった。

すると私の父が間に入ってくる。

「でももう起きてしまったことだ。いつまでもクヨクヨしたって仕方がないだろ」

そんなのは誰よりもわかっている。

ただ、頭でわかっていても、実際はそう簡単に過去を消せるわけもなく……。

他人のことだと思って、とつい父に八つ当たりする気持ちが湧いてきてしまう。

でもわかってほしい。

昨日の出来事だよ。

本来なら部屋で泣き崩れていても仕方がないほどなのに……。

「で？　俺たちを呼んだ本当の理由はなんなんだ？　どう考えても残念会って感じじゃなさそうだよね」

それまで黙っていた翼くんが口を開いた。

すると、障子が開き、お店の人がお酒と突き出しをテーブルに置いた。

三つに仕切られた長方形のお皿に彩《いろどり》の綺麗な三種盛りの突き出し。

だけど、料理を楽しむという雰囲気ではない。

口を開いたのはおじさまだった。

「舞ちゃん、うちの翼と結婚しないか？」

私は言葉も出ず目を見開いた。

こんな時に何を言っているの？　冗談にもほどがある。

まだ婚約破棄の傷が癒《い》えたわけじゃないのに……。

私が怒りを必死に抑えている中、私の父が話を続ける。

「二人が同時に破談になり、しかもお互いの相手同士がくっついたと聞いた時にはびっくりしたよ」

おそらくこれはおじさんから聞いたのだろう。

私は両親に昭久さんの相手が、翼くんの婚約者だったことはひとことも言っていない。

となると、昨夜父が電話している時点でおじさんから全てを聞いたのだろう。

そしてこの席を設《もう》けようとしたことも、私が報告する直前には決まっていたということだ。

だから父は、母のようにパニックを起こさず冷静だったんだ。

父は続ける。

「だけど、これはそうなるべくしてなったんじゃないかってお父さんたちは思うんだ。最初から舞と翼くんが一緒になるはずだったんだってね」

ドヤ顔で話す父を睨んだ。

そういえば、二人は昔からことあるごとに私と翼くんをくっつけようとしていたっけ。

そのたびに私たちは断っていたが、全く諦めていなかったということ？

もちろんそう思っているのは、私だけではない。

翼くんも声は出さないものの驚いた様子でおじさんを睨んでいた。

「この話、悪くないと思うんだけどね」

「え？　翼くんと？　無理です」

「え？　舞と俺が？　無理です」

ほぼ同時に返答していた。

そもそもそんなこと一度たりとも真剣に考えたことなどないし、可能性はゼロだ。

だが、互いの父親は、私たちが受け入れないことなど想定内だと言わんばかりに落ち着いた様子だ。

そしておじさんが私に笑顔を向けた。

「舞ちゃんは、寿退社を予定していたみたいだね」

「はい……そうですが」

「会社には今回のことは報告したのかい？」

「いえ……まだ」

「結婚が破談になったのに寿退社をするのは辛いね」

おじさんが悪魔に見えてきた。

この言い方って脅しにも聞こえない？

「仕事は続けようかなって思ってます」

「ふ～ん。じゃあ、破談になったから会社は辞めませんって報告をするということなんだね」

穏やかな口調とは真逆の攻めに入っているおじさま。

「何も触れずに仕事を続ける――」

「それはできないと思うよ。結婚後にはいろいろと届出をする必要があるから、何も触れずってことは無理なんだよ」

今度は私の父のターンだ。

「翼くん、君は世界に通用する指揮者だよね。君が婚約したことはネットニュースにも出た。でも今回のことが知られたら？」

「それは……」

翼くんも痛いところを突かれたようだ。

「面白おかしく記事にされると思うよ。君みたいに日本をはじめ海外でも活躍していると、その先々で破談のことを聞かれると思うんだが、それに耐えられるかい？　仕事に集中できるかな？」

私と翼くんは何も言い返せなくなっていた。

だからといって私が翼くんと結婚するなんてありえない。

チラリと翼くんを見ると、俯《うつむ》き加減で考えている様子。

私としてはいくら破談になったからといって幼馴染と結婚するなんて考えられない。

ただ、おじさまやうちの父が言うことは、これから私たちが向き合わなければいけない現実だ。

「今すぐに結論を出せとは言わないが、一度考えてみてほしい」

父がそう締めくくった。

学生時代の番号はお互い変わっていて、この時まで私と翼くんはお互いの今の連絡先は知らず、父たちの手によって交換させられた。

その後、念願の高級寿司をご馳走になったが、頭の中がごちゃついて美味しいはずのお寿司を全く堪能《たんのう》できなかった。

もちろん帰りのタクシーの中は終始無言だった。


それから数日後。

仕事帰りの駅のホームで電車を待っていると、翼くんから電話がかかってきた。

ちょうど電車に乗ろうと思ったが、それを見送り電話に出た。

「もしもし?」

『舞か?』

「そうだけど、どうかした?」

『今から会えないか?』

ちょうど電車を見送ったところだし……。

「大丈夫」

『じゃあ迎えに行くから待ってて』

私は駅の名前を告げると、改札を出てロータリーの乗降場で待った。

しばらくすると黒い高級セダンが私の目の前で止まり、助手席の窓がスーッと開いた。

「お待たせ。乗って」

「う、うん」

ドアを開けると、翼くんは助手席に置いてあったバッグを後部座席に置いた。

グレーのシャツにジーンズというラフな服装の翼くん。

「どこかに行っていたの？」

「リハーサルだよ。舞も仕事帰りなんだろ？　会社はこの近く？」

「うん、駅から徒歩五分だから近いよ」

先日の結婚話には触れないよう当《あ》たり障《さわ》りのない会話を続けた。

「ところでどこに行くの？」

「俺の自宅でいいかな？」

「……うん」

嫌とは言えなかった。

だって翼くんは有名人だから、人の多い場所だとあの天才指揮者だってバレてしまう。

車で二十分ぐらいの高層マンションの中に入った。

「なんかすごいところに住んでるね」

見るからに高級そうな新築マンションだ。

「今までは帰国しても実家かホテルだったけど、結婚する予定だったしね」

「ご、ごめん」

このマンションで新婚生活を送る予定だったんだ。やっぱりセレブは違う。

私の住む予定だったマンションはこんなに高層じゃなかった。

高里さんはこんな素敵なマンション生活を蹴《け》って、昭久さんとの生活を選んだんだ。

なんか二人の本気度を思い知らされたような気分だ。

そんな二人と比べると、私は昭久さんのことを心の底から愛していたのかな？　と思う。

「……い、舞？」

「は、はい」

「着いたけど」

「うん」

翼くんの部屋は三十七階にあった。

「汚いけど……どうぞ」

謙遜《けんそん》だと思った。

でも謙遜でもなく事実だった。

「どうしたのこれ？」

汚れてるというより荒れているといった方がいいのか。私より綺麗好きの翼くんを知っていたから、驚きを隠せなかった。

広すぎるリビングに置かれたグランドピアノは音楽家の家って感じだけど、それ以外は何もなく、その周りを取り囲むようにゴミ袋が散乱していた。

翼くんは私の問いかけには答えなかったけど、自分でもこの惨状をわかってはいるようだった。

あの場では大人な対応をとっていた翼くんだったが、これは相当な落ち込みようだ。

高里さんのこと本当に愛していたんだな。

何もしないのは抜け殻になってたってことだと思う。

胸の中に秘めたいろんな思いをうまく放出できず、仕事以外の全てで無気力になっていたのだろう。

じゃなきゃこんな状態信じられない。

「ゴミ袋は？」

「……キッチンにあるけど」

私はリビングの入り口にバッグを置くとキッチンに入り、ゴミ袋を手に取った。

そして片っ端からゴミを拾い集めた。

綺麗なマンションだから、ゴミさえ拾えばすぐ片付く。

でもそれすらできなかった翼くんの精神状態。

同じ痛みを持つ私だからわかるのだ。

「後でやるからいいよ」

と翼くんは言うが、到底《とうてい》あてにならない。

「話があるのなら片付いてからよ」

すると渋々だが、翼くんも片付け始めた。

「私は床を綺麗にするから、ピアノの上を綺麗にしたら?」

そう言うと翼くんは黙ってピアノの上を片付け始めた。

ゴミを入れていたスーパーやコンビニの袋が散乱していただけだったので、片付けは短時間で済んだ。

綺麗になったフローリングではお掃除ロボットが頑張ってくれている。

「悪かった。こんなことさせるつもりはなかったのに」

「気にしないで。ただ翼くんらしくなくて驚いただけ」

翼くんはバツが悪そうに苦笑いを浮かべた。

「何もなくて悪いな。家具のほとんどは彼女が選んだものだったんだけど、辛くて……」

元々はモデルルームのような素敵な部屋だったそうだが、あんなことがあってここにあった彼女の選んだ家具は全て買取業者に引き渡したとのこと。

やっぱり私より傷は大きいのかも……。

「安心して。今翼くんの気持ちを一番理解できるのは私だから吐き出してもいいよ？」

するとまたクスッと笑った。

「だな。思った以上のダメージだったよ。日を追うごとに大きくなって、何にも身に入らない」

そりゃあ、結婚したいほど好きだった人と一緒になれなかったんだから仕方がない。

私はそういう気持ちを全部涙で消化した。

泣いて泣いて泣いてリセットした。

と言っても完全に吹っ切れたわけではない。

ただ、昭久さんへの気持ちは完全に冷めた。

「まだ高里さんのこと忘れられない？」

翼くんは首を横に振った。

「よくわからないんだ。正直俺の知っている礼子はおとなしくて、感情を表に出さない人だった。そういうところがいいなって思ってたんだけど」

「そうなんだ」

「でも実際は、俺のためにそうしてたんだってわかって……それがショックだった」

「高里さんの気持ちわからなくもないよ」

「え？」

「だって嫌われたくないもん。好きな人にはよく見られたい。相手の理想に近づきたい。そう思うのは悪いことじゃないと思うけど」

「わかるよ。でもそうさせていることに気づけなかった自分に腹が立つんだ」

翼くんの言葉にドキッとしてしまった。

と同時に高里さんが羨ましいとさえ思ってしまった。

昭久さんは私のことをどう思ってくれていたんだろう。

私が我慢《がまん》とまでは言わないけれど彼のためにしたこと、わかってくれていたのかな？

ただ、歯車が噛み合わなくなるとあっという間に脆《もろ》く崩れてしまうんだなって今回のことで思い知らされた。

「大丈夫だよ。翼くんならきっと素敵な女性と出会えるわよ。ところで、話ってあのことでしょ？」

翼くんは大きく頷いた。

「私は、会社に正直に話して——」

「親父たちの提案を受けないか？」

「え？」

私はあの件を引き受けるつもりは毛頭《もうとう》なかった。

確かに破談になったことは悔しい面もあるけど、時間が解決してくれる。

それに翼くんだって、あの時無理って言ったじゃない。

「だから、結婚しないかって言ってるんだ」

「ねえ、自分が何を言っているのかわかってる？　結婚だよ。結婚の意味わかってる？」

「お前、結婚する予定だった男にそれ聞くのか？」

呆《あき》れ顔の翼くん。

でも納得できるわけがない。

幼馴染といってもいい思い出なんて一つもない。

いつもライバル心をメラメラと燃やして、コンクールのたびに「打倒翼」を掲げていたぐらいだ。

進むべき道が分かれてライバルではなくなったけど、恋愛感情はゼロ。

お互いの連絡先だって先日強制的に交換したほど。

「私は嫌よ」

「……そう言うと思ったよ。お前っていつも俺のことを睨んでいるというか、なんか敵対心剝《む》き出《だ》しだったよな」

——そこまであからさまだったか……。

確かにそうだったけど、今や有名指揮者になった翼くんにこちらが勝手にライバル視していたとは言いにくく。

「そうだったかな？」

「そうだよ。俺はいつも心を痛め——」

「じゃあなかったことで。だって私はいつも睨んでいる可愛くない女だしね」

「いや、それじゃあ困るんだ」

「え？」

「俺はお前と違って有名人だ。日本はもちろん、海外にもたくさんの知り合いがいて、みんなが俺たちの結婚を喜んでくれた。それがドタキャン。このことが知れ渡ったら平常心でいられる自信がない」

有名人は辛いってことか。

「でも、たとえ私と結婚したとしたって相手の名前が違うってことで、それはそれで大騒ぎなんじゃないの？」

「そこは問題ない。名前は伏せてあるんだ」

翼くんが余裕の笑みを向ける。

その自信はどこからくるんだ。

地位や名誉のためならなんでもするってこと？

「翼くんは私と違って有名人だから、自分の立場を考えて好きでもない相手と結婚できるってこと？」

もしそうだと言ったらさっきの好きな人を思いやる熱いトークは嘘《うそ》ってことになる。

さて、どんな言葉が返ってくるかしら？

「仕方ないだろ。今頼れる女性は舞しかいないし、婚約破棄って知られたらメディアがうるさいし、面倒なんだよ」

なんなのよ。

私のことより自分のことだけじゃない。

「嫌よ。なんで私が翼くんのためにそこまでしなきゃいけないの？」

「人助けだと思ってよ」

「人助けで好きでもない人と結婚しなきゃいけないの？」

翼くんの考えていることがわからない。

「そんなに否定するなよ。別に一生俺と添《そ》い遂《と》げろって言ってるわけじゃないんだけど」

「え？　どういうこと？」

翼くんの計画は、一年という期間限定の夫婦になるということだった。

結婚が破談になったという事実を公表すると面倒なことが増えるからしたくない。だから期間を設けて、期間が過ぎたら性格の不一致とかすれ違いとかそれっぽい理由をつけて離婚をすると言うのだ。

高里さんのことは一切公表していなかったのと、招待状の用意もこれからだったため、相手が違っても破談にさえならなければ翼くん的にはセーフなのだ。

でも実際好きでもない人と、一年間も夫婦生活なんてできるのだろうか。

「だからそのまま仕事は続けられるよ」

「え？」

「仕事続けたかったんだろ？」

目の前がパッと明るくなった。

確かに私も結婚が破談になったと言って仕事を続けるより、結婚しても仕事を続けるという体《てい》にした方が断然いい。

「結婚式は報道陣が押しかけてこないように、親族のみの極秘に切り替えればいい」

有名人だからできる技。

「どうだ？　舞にとっても損な話じゃないんじゃないか？」

「それは……」

否定はできない。

その時、私の心にふと浮かんだのは、ここに訪れた時の部屋の惨状だった。

あんな何もかも放り出してしまうなんて、どれだけ悩み傷ついたのだろう。

その苦しみを理解できるのは、同じ傷を持っている私だけだ。

わだかまりがないわけじゃない。

だけど私と同じように彼が傷つき苦しんだのなら、やっぱり放ってはおけない。あんなに嫌ってはいたけれど、私たちは幼馴染なのだから。

一年……一年でいいんだ。

できるだろうか。でも、私にとってもいいことがないわけではないし……。

破談になったとみんなから腫れ物扱いされずに済むし、期間限定ならやれないことはない。

「わかった。ただし一年よ。一日たりとも延長はなしだからね」

「本当か？　ありがとう」

「それと」

「何かあるのか？」

「約束は守ってもらいたいので、婚姻届と一緒に離婚届にも記入してほしいの」

一瞬間があいたが、翼くんはくすくす笑いながら

「いいよ。婚姻届と離婚届だな。書こう」

こうして私たちの計画的結婚協定が結ばれた。

早速このことを両親に話すと、昭久さんとの結婚報告よりも明らかに喜んでいた。

もちろん、離婚届も用意させたことは話せない。

「お父さんよかったわね」

「やった」

なんとなく私の結婚よりもおじさまと親戚関係になれたことを喜んでいるように思えるんだけど。

ただこんなに喜んでいる両親を見ていたら、一年後に離婚することに後ろめたさを感じた。

だからといって結婚の期間を延長するつもりはないけどね。

二日後。

仕事帰りに再び翼くんのマンションに行くと、約束通り婚姻届と離婚届がテーブルの上に並んでいた。

すでに翼くんは記入済みだった。

早速私も記入した。

正直感動とか全く湧かない。

それよりも間違わないようにしなきゃと緊張した。

その一週間後には、昭久さんのマンションにある北欧家具を翼くんのマンションに運んだ。

昭久さんからはあれ以来一度も連絡はとってない。

私が翼くんと結婚することも知らないだろう。
このことを知ったらどう思うだろう。
それにしてもまさか翼くんと結婚するなんて思いもしなかった。
どんな生活が待っているのだろう。
不安はあるが、最初からゴールが決まった結婚。
一年なんてあっという間よ。
そう自分に言い聞かせ、私は単なる幼馴染と結婚した。

3　こんなはずじゃなかった

「なんでトーストに味噌汁《みそしる》がいるのよ。普通はコーヒーとか牛乳でしょ？」

「俺は昔からトーストには味噌汁。これが定番なんだ」

「だったらホテルのビュッフェにでも行ったら？」

「はあ？　結婚したのになんで毎朝ホテルビュッフェに行かなきゃいけないんだよ。とにかく、朝はご飯だろうがトーストだろうが味噌汁だけは作ってくれ」

本来ならば大好きな人と結婚して、笑顔の溢れる楽しい朝食を食べながら一日の始まりを迎えたかったのに……。

婚約者には裏切られ、同じ傷を持つ幼馴染と結婚するとは……。

新婚の夫婦は、お味噌汁があるないで喧嘩なんかしない。

例えばキッチンで朝食の準備をしていると、後ろから抱きしめて「おはよう」って言いながら頭にチュッとキスしたり、「俺がコーヒーをいれるよ」と言って慣れた手つきでコーヒーをいれてくれる。

もちろんコーヒーカップはお気に入りのショップで買ったお揃《そろ》いのもの。

すっぴんを見られるのは恥ずかしいので、朝からばっちりメイク。

そしてお互いの予定を聞きながら、出勤前という短い時間でも二人の愛を分かち合い、出勤する時は行ってきますのキスで元気をチャージ。

今日も一日頑張るぞ！

それが私の思い描いていた新婚生活だったのに。

現実は違っていた。

《こんなはずじゃなかった》

恋愛感情ゼロの結婚生活が始まって数日が経ったが、何度この言葉を口に出しただろう。

たった一年。

三百六十五日の辛抱《しんぼう》だと頭ではわかっていても、最初から苦手意識があるからなのか、身構えてしまう。

何か言われると、それが正しいことでも素直になれず、わかったと言えない。

正直恋愛感情はないけど、それほど嫌いではないと思う。

それはファミレスに呼び出された時、ボロボロになっている私を守ってくれた時に気づいた。

とはいえ、好きでも嫌いでもない人と結婚するのは難しい。

ぎこちないスタートから始まった結婚生活は、しばらく続いた。

だけど慣れというのは恐ろしい。

いつの間にか普通に会話し、二人の生活にぎこちなさは少しずつなくなっていた。

小さなことがほとんどだけど、一緒に生活していると翼くんのいろんな一面を知った。

ある日、生活用品で足りないものがあったので、必要なものをメモして買い物に行こうとしたら、

「支度ができたなら行くよ」

と、突然声をかけてきた。

お店はマンションの近くにたくさんあるから、一人で行けると思っていた。

そのつもりで翼くんには声もかけていなかったから驚いた。

「いいよ、一人で行けるし」

一度は断ったが、

「たくさんメモ取ってただろ？　荷物持ち要員欲しくない？」

「それは助かるけど……翼くんに荷物持ちはさせられないよ」

「なんで？」

「だって指揮者じゃない。重いものとか持たせるのはよくないかと……」

すると翼くんが急にくすくす笑い出した。

「俺はそんなに柔《やわ》じゃないよ。ほら行くぞ」

と言って先に部屋を出た。

かと思えば、部屋の観葉植物の水やりをする時は、必ずといっていいほど一鉢一鉢に声をかけている。

「お水だよ」とか「新しい葉っぱが出てきたね」と……。

見た目はクールなイメージで、学生の頃もあまり口数の多い方じゃなかった。ピアノのコンクールの時は、俺に近づくなってオーラを出してたのに……。

一緒に暮らし始めてみると、彼に対するイメージが少しだけよくなった。

でもいいことばかりではない。

ある日、仕事を終えて帰宅すると部屋が真っ暗だった。

しばらくすると翼くんから、友達と飲みに行くからご飯はいらないと連絡があった。

普段家にいることが多い翼くんとの生活。家で一人になることはなかった。

やった！　一人だ。

こういう時は、ご飯も手抜き。

私はときどき、無性《むしょう》にインスタントラーメンとか食べたくなる。だけど、翼くんに見られたくはない。

これは絶好のチャンス。

お気に入りの韓国のインスタントラーメンを食べた私は超ご機嫌だった。

遅くなるんだったら、お風呂《ふろ》も楽しんじゃおう。

有名コスメブランドの人気の香水の香りのキャンドルに灯を灯し、発汗作用抜群のバスソルトを入れて、いざ入浴。

大好きな香りに包まれてしばし、至福の時間。

しっかり汗を出して、お風呂から出た私は裸のまま涼んでいた。

本当に無防備だった。

そろそろ着替えようかと思ったその時だった。

ガチャっと音がしたかと思うと、そこには翼くんが立っていた。

いい感じに酔っぱらった翼くんの顔はほんのり赤い。

目が合うと、翼くんの口角が上がった。

「ただいま……裸でお迎え？　いいな」

そこでハッと我に返った私。

バスタオルも巻かずに素っ裸だった。

「きゃ――」

大きな声で叫ぼうとしたら突然抱きしめられた。

「おいおい、大声出すなって。近所迷惑」

酒臭い翼くん。

私は勢いよく離れた。

そして思いっきり平手打ち。

「この酔っぱらい！」

そう言って、サニタリールームのドアを思い切り閉めた。

なんだったの、今のは。

裸を見られ、しかも抱きしめられるなんて。

キスだってまともにしたことないのに。

心臓がドキドキして、私はしばらくその場にしゃがみ込んでいた。

おかげで湯冷めしてしまった。

翌朝、目をこすりながら翼くんがリビングにやってきた。

そして私の顔を見るなり、

「昨日は珍しく飲みすぎちゃって……昨夜のことあまり覚えていないんだよね。服も着たまま寝てたみたいで。俺ってどうやって帰ってきたか知ってる？」

――え？　覚えてないの？

「記憶ないの？」

「ああ」

バツが悪そうに頭に手をやりながら頷いた。

じゃあ、私の裸も覚えてないってこと？

でも下手に確かめて思い出されても困る。

「知らないわよ」

強い口調で答えると、翼くんはきょとんとしていた。

でも普通の夫婦ならこんなことはないんだろうな。

私たちの結婚は特別。

一年で終わることが決定事項の結婚で、その証拠に離婚届も記入済みだ。

まだ始まったばかりだけど、私の目はゴールを見つめていた。

だが、私たちにはまだやらなければいけないことがあった。

翼くんの方はこれから結婚式の招待状の印刷を始めるというところだったから、セーフだった。高里さんのことも周囲には伏せていたため、結婚相手が私に代わっても翼くんのダメージはない。

私の場合、翼くんたちよりも式が早かったため、親戚関係に関しては父が話をしてくれた。私の友人に関しては、個々に連絡を取り結婚が白紙になったと説明した。

翼くんとのことを話そうか迷ったが、一年後に離婚するのだから敢《あ》えて話す必要はないだろうと思い、話していない。

そんな私が翼くんと結婚して一つだけいいことがあった。

それは仕事を続けられるようになったことだ。

だけど、辻褄《つじつま》合わせは大変だった。

まず社長に報告しなければならなかった。

招待状はギリギリ出さずに済んだけど、社長には事前に結婚式への出席をお願いしていた。結婚式がなくなったことを伝えて謝罪しなければいけない。

この件に関して翼くんも一緒に考えてくれて……。

結婚式をキャンセルしたことを報告した。

そして、実は結婚相手が有名人だということを報告。

新郎の名前や職業のことも、マスコミ対策のため詳細は伏せていた。

そして仕事のことは、たくさん話し合った結果続けてもいいことになったと。

こんな作り話を信じてくれるのかと不安だったが、

「いいんだいいんだ。それより婚約者が仕事を続けていいって言ってくれて、僕としてはとてもありがたいよ」

社長はおおらかだった。

「すみません、辞めると言ったり続けると言ったりして」

「ま～仕方がないよ。みんなそれぞれ事情があるんだし。それよりお相手が芸能人ってすごいな。人目もあるし、そういう人と交際するのは大変だったんだろ？」

社長は根掘り葉掘り聞くつもりはないらしかった。

私の結婚相手が有名人だという事実を会社で言いふらすつもりはないけれど、信頼できる社長にならこっそり教えても大丈夫だと思う。

それに、俳優やテレビに出るミュージシャンほどの知名度はない。

きっと名前を言ったって、知っている人はクラシックを聞くような人だけだろう。

なので、もし聞かれたら話してもいいと翼くんからは事前に承諾を得ていた。

「社長は多分ご存じではないと思いますが……彼は指揮者なんです。オーケストラとかで指揮をする」

とジェスチャーを交えながら話すと、社長の顔色が変わった。

「え？　指揮者？　僕はクラシックが好きだからもしかすると知っている人かもしれない。誰なんだ？」

「え？　そうなんですか？」

これは想定外だった。

「そうだよ。誰？　日本人？」

「は、はい。日本人です。あの……本城路翼というんですが、ご存じで——」

「ちょ、ちょっと待ってくれ。福地さんの婚約者って本城路翼なのか！」

社長の驚きといったら、それは探し求めていたお宝を発見したかのようだった。

「は、はいそうですが」

「ご存じも何も、彼のヨーロッパでの活躍はすごかったんだ。仕事でフランスに行ったことがあっただろ？　あの時友人に誘われ彼のコンサートに行ったんだ。若手でイケメンだろ？　いや～まさか福地さんが」

信じられないといった様子の社長。

だがこんなに興奮する社長の姿に、私の方が驚いた。

「は、はあ」

「元々クラシックとかは聴かなかったが、生の演奏を聴いてクラシックが好きになったんだよ。彼が結婚するというのはネットで知っていた。でもまさかそのお相手が君だったとは……」

まだ信じられないようだ。

「すみません、本当のことを言えなくて」

「そんなことはいいんだ。相手が有名人なら尚更だ。でも驚いたな～。いや、本当におめでとう」

まさかこんなに喜ばれるなんて想定外だった。

ただ事実だけどフィクションてんこ盛りなのが申し訳なく、罪悪感を覚える。

「でも、結婚相手が本城路くんなら、海外での活動も多いんじゃないのか？　仕事を続けてくれるのは嬉しいし、願ってもないことだが、もしそうなった場合は早めに言ってくれ」

「は、はい」

社長に言われるまで私はすっかり忘れていた。

本来、翼くんの拠点は日本ではなく海外。

帰国する前はフランスで生活していた。

そういえば、これからのこと何も話していないし、聞いていない。

どうするの？


「ねえ、翼くん」

「ん？」

「帰国したのは結婚するためって言ったよね」

「ああ」

「いつまで？」

「一年の予定だけど。あれ？　話してなかった？」

私は大きく頷いた。

「新婚から別居生活はどうなのかなって思ってて、せめて一年間は二人の時間を大切にしようって決めて、国内での活動のみにしたんだ……」

翼くんの元婚約者の高里さんは、国内の交響楽団に所属しているヴァイオリニストだ。

その彼女との新婚生活を楽しむために、海外での仕事を入れなかったということだった。

「そ、そうなんだ」

こういう時、なんて声かければいいのかな？

彼女のために、一年とはいえ、活動拠点を変えるなんて愛してなきゃできないよ。

私が翼くんの立場なら昭久さんのためにそこまでできただろうか。

本当に心を痛めているのは私より翼くんなのかもしれない。

「おい、別に同情してくれなくていいぞ」

「え？」

「顔に書いてあるぞ。翼くん可哀想って」

私の心の声を読まれてた？

「そんなつもりで聞いたんじゃなくて、日本にいる必要がないならフランスに帰るのかなって思って」

「日本での仕事が終わればフランスに戻る予定だ」

「そ、そうなんだ」

「大丈夫だ、安心しろ。フランスへは俺一人が帰るだけだし、その頃は……」

おそらく、離婚していると言いたかったのだろう。

「わ、わかってるわよ。私だってそんなつもりないし」

なんだけど、なんかそれはそれでショックというか……。

なんだろうこのモヤモヤした気持ち。

「そんなことより着替えてきたら？」

そう言われて我に返った。


私は会社員で、土日祝日がお休み。

翼くんは知っての通り指揮者だからお休みはバラバラだ。

家で仕事をしている時もあれば、外出する時もある。

時間も不定期だから、早い時もあれば遅い時もある。

集中している時は声などかけられない。

何時間も書斎から出てこない時もある。その集中力は尊敬するほどだ。

こういう時は食事も自分の分だけ食べて、お風呂に入って寝るという生活を送っている。

そしてお互い時間に余裕がある時に夕飯を作る。

私が仕事を終え、家に帰ると、玄関から美味しい匂いがする時がある。

翼くんがキッチンに立っているのだ。

翼くんの場合、海外生活が長かったから、自炊はお手のものという感じ。

食欲をそそる美味しそうな匂い。

しかもエプロン姿で、

「おかえり。ご飯できてるから着替えておいで」

なんて言われた時は、不覚にもドキッとしてしまう。

どうして高里さんは、こんななんでもできる翼くんを振ったのだろう。

と、美味しい料理を目の前に思うのであった。

とはいえ、毎日こんな感じではない。

たまにお互いの休日が重なった時は、それぞれ好きなことをして過ごしているのだけれど、

「舞はピアノ弾かないの？」

と聞かれた。

結婚前は実家で気が向いた時に好きな曲を弾いたりしていた。

このマンションのリビングは防音加工を施してあり、グランドピアノも思いっきり弾ける。

翼くんはいつでも使っていいと言ってくれたが、やはりプロの前で弾く度胸《どきょう》はない。

「前みたいに弾かないの」

「なんで？」

「なんでって……前のような情熱が消えた？」

そう言ったものの、翼くんに聴かせたくないのが一番の理由。

だから翼くんがいない時にこっそり弾いてたりする。

翼くんは少し驚いた様子で
「俺、舞の弾くマズルカ好きなんだけどな」

「え？」

「これを弾く時いつも舞を思い出していた。いつも俺の前では仏頂面でピアノを弾いているのに、この時はまるで舞が踊っているように楽しく弾いてて」

「そ、そう？」

自分でも気が付かなかった。

でも私はこの曲が大好きで、今でもよく弾いている。

もちろん翼くんはそのことを知らないけど。

っていうか、マズルカで私を思い出していたなんて知らなかった。

「もし気が向いたら弾いてよ」

「約束はできませんが」

「期待してるよ」

そう言って満面の笑みを浮かべた。

それが却ってプレッシャーになり……。

「なんでこんなところで弾いているのよ」

「実家の方が思い切り弾けるの！」

ショパンは難しいです。

学生の頃はがむしゃらに練習していたし、目標もあったから弾けたが、社会人になってからは気が向いたら弾く程度。

腕は鈍り、指も学生の時のように動かない。

でも翼くんに私の弾くマズルカが好きだと言われたら、弾かないわけにもいかず……。

でも、マンションで練習している姿を見られたくない。

だから仕事が早く終わった時や、翼くんの帰りが遅い時は実家に寄って思い切りピアノを弾いてからマンションに帰るようになった。

母は頻繁に実家に帰って、同じ曲を弾く私を心配していた。

「何かあったの？」

「別に」

「翼くんとはうまくいってるの？」

母は私と翼くんの結婚に喜んでいる一方で、結婚破談から急遽《きゅうきょ》決まった幼馴染との結婚を心配していた。

恋愛感情がない相手との結婚生活をどう伝えればいいのか悩む。

「うん」

そう答えるのが親孝行だと思って答えた。

「そうそう、カレー作ったんだけど、持っていく？　翼くんの口に合うかわからないけど」

「ありがとう」

こういうことがあるから実家には感謝だ。

帰宅すると、まだ翼くんは帰っていなかった。

カレーを鍋に移し替え、温めていると翼くんが帰ってきた。

「あっ！　もしかしてカレー？」

「そう」

「やった。舞の作るカレーは初めてだ。楽しみ」

満面の笑みの翼くんを見たら母が作ったとは言えなかった。

恋愛感情ゼロで始まったはずなのに、私たちの結婚はなんかうまくいきすぎて、これでいいのかなと思わずにはいられなかった。


ある土曜日の昼過ぎのことだった。

この日、翼くんは都内のとあるホールで指揮者として舞台に立つ。

このオーケストラは結成されて五年と新しく、翼くんの学生時代からの友人も多く在籍していた。

今回は、結成五周年の記念コンサートらしく、友人たちの強い希望で翼くんはそれに参加することになった。

翼くんにとっては結婚後初めてのコンサートになる。

またこのオーケストラは実力者揃いの上、イケメンや美人が多いことで、クラシックコンサートの中でも大変人気があり、毎回チケットは即日完売に。

私はというと、このコンサートのチケットは持っていない。

元々結婚する前から決まっていたコンサートだし、気が付いた時にはすでに完売していた。

結婚後初めての公演なんだから、行くかどうか聞くくらいしてくれてもいいのに
……なんて、偽装結婚なんだから、あるわけないか。

そういうわけで、一人の休日を満喫《まんきつ》していた。

特に今日は翼くんがいないので思い切りピアノを弾いた。

その後は気になったドラマを一気見していたのだが、だんだん眠気が襲い、うとうとしていたそんな時だった。

突然スマートフォンから着信音が鳴って飛び起きた。

翼くんからだ。

時計を見ると開演一時間半前。何かあったのだろうか？

「もしもし？」

『舞って今家にいる？』

「いるけどどうかした？」

『よかった。悪いが俺の書斎のデスクの上にネクタイがあると思うんだけど、確認してくれないか？』

「ネクタイ？　……ちょっと待ってて」

翼くんは几帳面《きちょうめん》な人だ。

常にきっちりしていて、基本自分のことは全て自分でやるタイプの人。

そんな人がネクタイを忘れるなんて珍しいことだと思った。

そう思いながら書斎に入ると、蝶ネクタイが置いてあった。

翼くんらしくないと思った、

「もしもし？　蝶ネクタイあったけど」

『本当？　よかった。じゃあ悪いんだけど持ってきてくれないか？』

「え？」

『え？　じゃなくて、頼むよ』

「じゃあ、晩ごはんで手を打たない？」

『晩ごはん？』

スマートフォン越しに驚いたような声が聞こえた。

「そうよ。せっかく持っていってあげるんだから晩ごはんぐらい奢《おご》ってよ」

可愛くないとわかっている。

そもそもこんなことを言うつもりはなかった。

素直じゃない私の悪い癖だ。

こんなこと言ってもなんの得にもならないのに……。

だけど聞こえてきたのは翼くんの笑い声だった。

『わかったよ。美味しいご飯をご馳走してあげる。その代わりといってはなんだけど、高級レストランに行ってもいい服装で来てよ』

忘れ物を届けただけで、高級レストランで食事？

やっぱりセレブは違う。

「わかった」

声を弾ませ返事をすると、また聞こえてきた笑い声。

翼くんてこんなに笑う人だったかな？

『じゃあ、よろしく頼むよ奥さん』

不意に言われた奥さんという言葉にドキドキしていた。

形だけの夫婦なのに。

そう思いながらも、ちょっと嬉しい自分に戸惑《とまど》う。

でもそうとなれば急いで着替えなくちゃ。

メイクもしないと。

急がないとそれこそ間に合わない。

私は急いでメイクを済ませ、落ち着きのある紺色の膝丈《ひざたけ》のシフォンワンピースに着替え、蝶ネクタイを届けに行った。

会場へ向かう電車の中でふと昔のことを思い出した。


それは私が小学校の高学年になった頃。

オーケストラ演奏を聴く機会が巡ってきた。

母が知り合いからチケットをいただいたのだ。

演目は、ショパンのピアノ協奏曲一番。

ピアニストはショパンコンクールで入賞した人と知らされ、私は大興奮。

そもそも大きなホールで演奏を聴くのは初めてだった私。生演奏が聴けるというだけで、コンサートの前日は興奮して眠れなかった。

ところが、会場について私の興奮が冷めそうになった。

なんと翼くんも同じ会場にいたのだ。

そもそもチケットをくれた知り合いというのが、翼くんのお母さんだったらしい。ちょっと騙《だま》された気分になったが、楽しみにしていたコンサートを翼くんがいるからという理由でやめるのは勿体ない。

それに高学年になって、私たちは以前にまして会話もなくなっていた。

席も母親同士が隣に座ったおかげで、翼くんが私の視界に入ることはなかった。

会場の照明が落とされ、指揮者とピアニストが登場すると、大きな拍手が会場を包む。

それまで他の人の演奏を聴くのは、ピアノの発表会で他人のピアノを聴く程度だった私は、ショパンコンクールで入賞したピアニストの演奏に大きな衝撃を受けた。

身体中で感じるオーケストラの演奏の素晴らしさに、私は感動で、涙が溢れていた。

と同時に、私もあの舞台に立ちたいと強く思った。

それは四歳の時、周囲に言いふらしていたようなあやふやなものではなく、私にとっては決意のようなものだった。

このことをきっかけに私はさらに練習を重ねたのだった。

それも昔のことだ。

会場に着くと、私は関係者入り口の方へ向かった。

でもどこから入ればいいのかとキョロキョロしていると、会場のスタッフらしき人に声をかけられた。

「あの、失礼ですが本城路さんの奥様ですか！」

「あっ、はい」

他人から奥様って呼ばれてドキドキしてしまった。

「こちらへどうぞ」

「い、いえ、これを夫に渡していただければ――」

渡すものを渡したら、どこか別の場所に移動して終演まで待つつもりだった。

「本城路さんから奥様が見えたらお連れするようにと言われているので」

そこまで言われると断れず、ついて行くと翼くんの控え室まで案内してくれた。

スタッフの方がノックをすると
「はい」

と翼くんの声が聞こえた。

「奥様がお見えになりました」

「ありがとう」

スタッフの方がドアを開けてくれた。私は会釈をして中に入った。

そこには燕尾服《えんびふく》姿の翼くんが立っていた。

すらっとしたスタイルのいい翼くんの燕尾服姿がかっこよくてドキッとしてしまう。

ただ、ネクタイがあればもっと素敵だ。

「はいネクタイ」

ネクタイを入れた紙袋を差し出すと、翼くんはすぐにネクタイを取り出して締めた。

「悪かったね」

「どうしちゃったの？　らしくないね」

「……いろいろと考えごとしてたんだよ」

「そうなんだ」

最近翼くんとの距離を考えてしまう。

結婚する前のような拒絶するみたいな気持ちは薄れ、思いの他安定した生活ができている。

翼くんとも適度な会話ができて、こんなはずじゃなかった、当初の予想が外れたという思いは常にあって。

本城路翼を単なる幼馴染ではなく一人の男性として見るようになった。

だけど、元々期間限定の夫婦。

近すぎず遠すぎずという距離感に悩む。

それは翼くんの人柄を知れば知るほど悩む。

考えごとをしていたと言っていたが、そこに立ち入ってはいけないとわかってはいるのに気になってしまう自分がいる。

「どう？　曲がってない？」

不意に翼くんが私の前に立った。

「え？」

「ネクタイだよ。曲がってない？」

ほんの少しだが曲がっている。

「ほんのちょっと右に曲がってるかな？」

「じゃあ直してよ」

「え？」

「自分じゃわからないから。ほら」

と、首を近づけてきた。

「ほらって」

「早く。時間がないから」

「わかったわよ」

息がかかるほどの距離に私は不覚にもドキドキしていた。

私の鼓動が翼くんに聞こえてしまうのではと思い、ささっと直して距離をとった。

「ありがとう」

「ど、どういたしまして。じゃあ私は帰るね。コンサートがんば――」

「待って」

翼くんが私を引き止めるように腕を掴んだ。

「な、何？」

掴まれた腕に熱が入る。

至近距離でもドキドキしたのに、腕なんか掴まれたらもっとドキドキしてしまう。

昭久さんの時でもこんなことなかったのに。

すると手が離れ、代わりに一枚のチケットが差し出された。

「これは？」

「せっかくこんな綺麗なワンピースを着ているのにそのまま帰るつもり？　夫のコンサートを見てってくれよ」

「え？」

「夫の仕事ぶりを見るいい機会だと思うけど？」

何も言い返せない。

「わかった」

素直にありがとうと言えればいいのに……。

チケットを受け取ると、そのまま会場へと向かった。

改めてチケットを見ると招待席と書いてあった。

もしかして私をコンサートに呼ぶためにわざとネクタイを忘れた？

そう思ったら、なんかしてやられた気分だった。

でも私の足はとても軽かった。

またしてもこんなはずじゃなかった。

会場に入って驚いたのは客層だった。

普段聴きに行くオーケストラの客層は年配の人の割合が多いのだが、今日のコンサートは明らかに若い人が多かった。

容姿でも話題になっていたから、団員個人のファンも多いのかもしれないけれど、どんな理由であってもオーケストラの演奏を聴きにきてくれるのは嬉しいはずだ。それにこの公演をきっかけにクラシックを聴いてくれる人も増えるだろう。

と言いつつ私もコンサートは久しぶりなんだけどね……。

今日の演目は一曲目がベートーヴェンだ。

「ねえ、本城路翼って結婚したんだよね」

私の席の後ろで女性のひそひそ話が聞こえてきた。

聞くつもりは全くないのだけれど、聞こえてしまう。

「そうそう、一般女性らしいけど羨ましいよね。あんなイケメンと結婚だなんて」

「本城路さんが選ぶ人なんだからきっと美人なんだろうね」

確かに高里さんだったらその通りだけど、実際は……。

「ねえ、もしかしてこの会場に奥さん来てるんじゃない？」

「アイコンタクトなんかしちゃったりして」

多分、こういうこともあるから翼くんは結婚相手を公《おおやけ》にせず一般女性としたのだろう。

そうしてくれたことに私は心からホッとした。

会場が埋め尽くされた頃、開演のブザーが鳴り、ざわついていた会場が一瞬で静まり返る。

客席の照明が落とされると、ゆっくりと幕が上がった。

指揮者である翼くんが登場すると、観客が拍手で迎える。

翼くんが指揮者として活躍していたのは知っていた。

でも私はその姿を見ることはなかった。

避《さ》けていたというより妬《ねた》んでいたのかもしれない。

音楽を始めたのは私の方が先だったのに、翼くんは私を追い抜き、手の届かないところにまで上り詰めた。

幼馴染という肩書きすら私には疎《うと》ましかった。

だから今まで向き合うことはなかった。

今日、初めて彼の音楽を聴く。

結婚しなければこんな機会はなかっただろう。

緊張と戸惑い、そして期待の入り混じった複雑な思いで彼の姿を見つめた。

オーケストラのメンバーの視線も翼くんに集中。

そして演奏が始まった。

生で聴く演奏はとても迫力があり、圧倒されるばかりだった。

演奏者は自分のパートがない時は休めるが、指揮者は始まりから終わりまでずっと指揮棒を振り続ける。

その集中力には尊敬してしまう。

曲が終わると盛大な拍手が会場に広がった。

ピアノを弾いている翼くんしか見たことのなかった私の胸はドキドキしていた。

ただただすごいのひとことだ。

指揮者は指揮棒を振るだけではない。

作曲家が曲を作った時の境遇全てを読み解きながら、それを演奏者に指示し一つの音楽を作る。

しかもピアノだけを演奏するのと違い、いろんな楽器の音を頭に叩き込むのは本当に大変なことだと思う。私にはとてもできない。

休憩《きゅうけい》を挟み、次の演目はブラームス。

ここでも圧巻の演奏に、私は終始感動していた。

曲が終わると観客は立ち上がり、盛大な拍手のスタンディングオベーション。

それに応えるように、翼くんは観客に深く頭を下げた。

頭を上げた時だった。

翼くんが私の方を見たような気がした。

——まさかね。

そう思ったが後ろの席の女性が、

「ねえ、彼こっちを見なかった？」

「うんうん見た。目が合ったよね」

と興奮気味に話しながら拍手を送っていた。

悔しいけど、翼くんはかっこよかった。

彼を妬んで演奏を聴こうとしなかった自分が恥ずかしく思える。

私はネクタイを届けた代わりに食事に連れてってとわがままなお願いをしたが、彼は絶対に疲れているはず。

考えもしないであんなことを言ってしまったことに罪悪感を覚えた。

やっぱり今日は帰ろう。

もし、翼くんがまっすぐ帰ってくるのなら、何か手料理を作ってあげよう。

そう思い、メールを送ることにした。

【すごく素敵な演奏ありがとう。先に帰ります。食事を奢ってもらうのはまた今度】

すると秒で返事が返ってきた。

【一緒に帰るから楽屋に来て】

断る理由が思いつかなく、言われるがまま楽屋に向かった。

控え室をノックすると、ドアの向こうからどうぞと聞こえてきた。

「お疲れ様～」

翼くんは、カジュアルな服装に着替え、椅子《いす》に座っていた。

だけど疲れたのか、燕尾服は脱ぎ捨てられたまま。

でも達成感に満ち溢れ表情はとても満足そうだった。

「すごくよかった」

上から目線だとわかっていても恥ずかしくて素直に言えないのだ。

「それだけ？」

「え？」

「かっこいいとかそういうのはないの？」

演奏のことを聞かれるのかと思ったら、まさかのかっこよかった？

「かっこよかった」

恥ずかしさが際立ち、棒読みで答えると、翼くんはくすくすと笑い出した。

「嘘っぽいな」

「嘘じゃないよ」

咄嗟に否定すると、翼くんがニヤリと笑った。

やっぱり翼くんのペースに引き摺り込まれてる。

「片付けが済んだら出れるからもうちょっと待って」

「う、うん」

翼くんが脱ぎ散らかした服を拾い上げようとしたので、

「私がやるよ」

と言って、燕尾服やシャツを拾い上げた。

「いいよそれぐらい。自分でやるから」

と言ったが、私は首を横に振った。

「チケットのお礼だから」

ぶっきらぼうに答えながら燕尾服をハンガーにかけ、ケースに入れた。

もっと素直に、素敵な演奏を聞かせてくれたお礼とか言えたらよかったのに、可愛くない言い方は当分……いやきっと直らないだろう。

だけど、そういう私をわかっているのか翼くんは、

「ありがとう」

とだけ言った。

その声があまりにも優しく、またしても私はドキドキしてしまった。

そのたびに思う。

こんなはずじゃなかったと。


知らなかった。

思った以上に翼くんは人気者だった。

会場を出ようとすると、スタッフの一人が駆け寄ってきた。

「本城路さん、出口に人が集まってます」

翼くんは、またかって感じで小さなため息をついた。

「え？　そんなに人が待ってるんですか？」

とスタッフの一人に声をかけると、驚いた様子で私を見た。

「奥さん知らなかったんですか？」

「出待ちがいるとは思ってなくて」

「あっ、そうでしたか。本城路さんの人気は本当にすごいんですよ。アイドル顔負けって感じで、毎回車に乗り込むまでが大変で……奥さんがいたらちょっと危険かも」

「確かにそうだね」

翼くんは結婚相手を公表していない。

今ここで私が一緒にいるところを見られると、私の素性がバレてしまうかもしれない。私も困るけど翼くんはもっと困るのでは。

「やっぱり私、一人で帰るから」

だけど、翼くんは私の手を掴み離そうとしない。

「私がいたら迷惑だし……ね？」

それでも翼くんは私の声に耳を傾けようとしなかった。

「本城路さん、この反対側にタクシーを待機させてます。それに乗ってください」

「わかった、ありがとう」

「はい、お疲れ様です」

私はスタッフに一礼すると、翼くんと一緒に待機していたタクシーに乗り込んだ。

タクシーまでの距離は遠くなかったけど、手を繋いで二人で走っている時、ずっとドキドキしていた。翼くんの手は大きくて、私の手を包み込んでくれる。

そんな感覚だった。

期待していたディナーだが、タクシーでのドキドキのせいで完全に忘れてしまった。

そのことに気づいたのはマンションについてから。翼くんも忘れていたようで、

「ごめん、次は忘れないから」

と約束してくれたけど……本当かな？

翼くんとの婚姻期間はまだ十ヶ月残っているけど、こんなに頻繁にドキドキしていたらこの先どうなっちゃうんだろう。

まさか本気で好きになったりするのかな？


パンにお味噌汁が当たり前になった。今朝は、大根とわかめと油揚げの入ったお味噌汁。味噌は翼くんがどこかから取り寄せたものらしい。

「はい、お味噌汁」

「ありがとう」

そう言って早速お味噌汁を一口飲む翼くん。

相手のことが好きとか嫌いとか関係なく、反応は気になるもの。

特に、それが相手の好物なら尚更だ。

「は～。美味しい。ありがとう」

「ど、どういたしまして」

褒められると嬉しいけど、ここでも私って素直に嬉しさを表現できず、ボソボソと返してしまう。

それは翼くんにだけそうなる。

いまさら言うのもなんだけど、昭久さんと付き合っていた時はもっと素直だった。

嬉しい時も悲しい時も素直な反応をしていた。

それが翼くんの前だとその素直さが激減してしまう。

今だってもっと他に言い方があっただろう。

「本当？　ありがとう」とか「じゃあ、明日も作るね」とか……。

どうしてなんだろう。

やっぱりどこかで壁を作ってるのかな？

「——舞？　舞？」

「えっ？　は、はい」

「お前も早く食べないと時間じゃないのか？」

「え？　……あっ、そうだ」

思っていることが口に出せない内容だから、つい頭の中でいろいろ考えてしまう。

私も、せっかく作ったからとお味噌汁をいただく。

「ん！　美味しい」

「だろ？」

翼くんは私が作ったお味噌汁なのになぜか得意げな顔。

だけど確かに美味しい。

「お味噌がすごく美味しい」

「そうなんだよ。このお味噌は俺のばあちゃんの手作りなんだ」

「え？　お取り寄せじゃないの？」

お味噌の容器は市販のものだったからてっきりそう思っていたが、実際は翼くんのおばあちゃんが作った味噌を市販の味噌が入っていた容器に入れていたのだ。

「海外にいる時もこの味噌はいつも一緒なんだ」

「すごく美味しい」

私はお味噌汁を食べながら、前に執《と》り行われた結婚式のことを思い出した。

二人で決めた通り、結婚式は身内のみで済ませ、披露宴の代わりに食事会を開いた。

もちろん最初は反対された。

父や母はもちろん、翼くんのご両親も日を改めてもいいから披露宴を行いたいと言ったが断った。

婚姻届と一緒に離婚届を書いた私たちが、どんな顔して披露宴に出ればいいの？

ただでさえ、終わりのある結婚。

できることなら入籍だけにしたかったが、翼くんのおばあちゃんが、とても楽しみにしていると聞いたので、披露宴の代わりに食事会を開いた。

翼くんのおばあちゃんとはこの時が初対面だったが、とても可愛らしくて優しい方だった。

そんなおばあちゃんは田舎で一人暮らしをしているらしい。

何度も東京《とうきょう》で暮らそうと言ったが、田舎での生活が自分に合っていると言ってるのだそうだ。

翼くんもそんなおばあちゃんが大好きで、結婚式もおばあちゃんのために挙げたようなものだった。

「そうだった、今度野菜を送ってくれるそうだよ」

「本当？　おばあちゃんの作る野菜は美味しいんだろうな～」

実際に見たことはないが、おばあちゃんが畑仕事をしている姿を想像した。

「お味噌も一緒に送ってくれるって」

嬉しそうに話す翼くんの顔はとても優しい笑顔だった。

「いってらっしゃい」

「いってきます」

翼くんが行ってしまった。

もちろん仕事に。

大阪《おおさか》での仕事があるため今日から一週間ほど家を空けるのだ。

最初の一日目は、のんびりできるとルンルンだったけど、二日、三日と過ぎるにつれつまらなくなる。

無駄に広いこの部屋で、ポツンと一人で過ごすことがなんだかつまらない。

もちろんピアノが自由に弾けるのは嬉しい。

だけど、仕事から帰ってきて寝るだけの生活。

話し相手がいないのは寂しいものだ。

そう思った時にハッとする。

最初はいやいや結婚したものの、楽しんでいる自分に気づいたからだ。

不覚にも翼くんが早く帰ってこないかなと思ったりした自分に、ドキッとさせられた。

翼くんが大阪に行って四日目。

今日は待ちに待った給料日だ。

別に生活に困っているわけではない。

それどころかとてもよい暮らしをさせてもらっている。

だけど、自分のお給料は気兼ねなく使えるでしょ？

浪費はしないけど、お給料日の日はプチ贅沢《ぜいたく》をするのが私の楽しみなのだ。

今日は、家に誰もいないし、ご飯を作るのもちょっと面倒なのでデパ地下で美味しいものを買って帰ろうと決めていた。

心弾ませながらデパートで買い物をしている時だった。

着信音が鳴って足を止めた。

まさか、私のプチ贅沢が翼くんにバレた？

なんて思いながら画面を見た私はその場で固まった。

画面に表示されているのは電話番号だけ。

でも相手が誰なのかすぐにわかった。

——なんで今頃？

電話の相手は元婚約者の昭久さんだった。

連絡先は削除したが、電話番号の末尾だけは覚えていたのだ。

一体、今頃なんの用なの？

話すことは何もないので、そのまま電話を切った。

だが、また電話が鳴った。

きっと出るまでかけ続けると思い、渋々出ることに。

「もしもし？」

『やっと出てくれた』

いまさらなんなのと言いたい気持ちをグッと堪え、

「用件はなんですか？」

事務的に受け応えする。

『どうしても話がしたいんだ』

「私は話すことなどございません」

『そんなこと言わずに……実は今君の会社の近くにいるんだ』

「えええ？」

多分、今日断ったとしても彼なら会うまで何度でも連絡をよこすだろう。

『頼む。どうしても聞いてほしいことがあるんだ』

「私は何もないですが」

『頼むよ』

「これが最後ですからね」

と言い、電話を切った。

なんで？

正直昭久さんに未練などなかった。

もっと言えば、もう二度と関わりたくなかった。

だけど、無視をすれば何をするかわからないとも思う。

私はデパ地下でのプチ贅沢を諦め、仕方なく彼の会社近くのファミレスで会うことにした。


忘れもしないこのファミレス。私と翼くんをどん底に突き落とした場所だ。

ここを指定したのはわざと？　と思わずにはいられなかった。

店に入ると、あの悪夢のことなんて忘れたかのような笑顔で手を振ってきた昭久さん。

「急にごめん」

「いえ……それで話って」

さっさと話を済ませ帰りたい。

「僕たちやり直さないか？」

「え？」

顔が引き攣《つ》った。

「だからさ、君とやり直したいんだ」

「無理です。私人妻なんで」

淡々と答えると、昭久さんは目を丸くし、固まった。

「え？　結婚したの？」

別れた相手に結婚報告をする必要などなかったし、詮索されるのも嫌だったので、私は驚く昭久さんを無視するように話を続ける。

「用件がそれだけなら帰ります」

そう言って立ち上がろうとすると、引き止めるように昭久さんが私の手を掴んだ。

「礼子が、浮気しているみたいなんだ」

「え？」

驚く私に昭久さんは話を続ける。

「彼女と結婚して幸せだと思った。生まれてくる子供のためにも頑張ろうって思っていた。だけど、最近急に僕に対する態度が冷たくなったんだ。もしかしたらお腹の子は僕の子じゃないのかなって……」

だからって、私とよりを戻したいというのはおかしいのでは？

そもそもあなたたちのせいでこんなことになっているのでは？

という怒りをグッと堪えながら話の続きを聞いた。

「僕との時間より本城路さんと付き合った時間の方が長かっただろ？　やっぱり僕なんかよりあの人の方がかっこいいし、だから僕との結婚を後悔しているんだよ」

なんでそういう話を元婚約者の私にするのだろう。

「本当に彼女が不倫していると思っているの？　ちゃんと確かめたの？」

昭久さんは変に思い込んでいるが、私は彼女がそんな人には思えなかった。

このファミレスで昭久さんと高里さんの話を聞いて、私の入る余地はないと感じたし、いろんなものを犠牲《ぎせい》にしても一緒になりたいと言った高里さんの言葉に嘘はなかったと思う。

「いや……探偵とかに調べてもらったわけじゃないけど……なんというか男の勘？」

昭久さんの話を聞いていると男の勘は働いていないと思う。

「私は妊娠の経験はないけど、女性は妊娠すると、心も体も変化して不安になるの」

「そうなの？」

昭久さんは信用していない様子だ。

「そうなの。仕事で忙しいのかもしれないけど、ちゃんと会話しなきゃダメよ。彼女のこと好きなんでしょ？」

「好きだよ。好きだから悩んでるんだよ」

「じゃあ、私とよりを戻そうなんて言わないでよ」

すると昭久さんが私をじーっと見た。

「な、何？」

「ずいぶん変わったね」

「え？」

「僕の知ってる舞って、思ったことをパッと口にするようなタイプじゃなかった。いつも俺のことを尊重してくれるような、一歩後ろに下がっているようなそんな感じだった」

確かに私は昭久さんと一緒にいる時はそんな感じだった。

だけどそれは昭久さんに嫌われたくなくて、昭久さんに見合う女性になりたくて作っていた私だった。

「今の私が本当の私。昭久さんと一緒にいた時の私は猫かぶってたと思う」

「そうなんだ。ところでさ、さっき結婚したって言ったけど相手は誰？　僕の知っている人？」

　本当は面倒になりそうで言いたくなかった。

　だけど、今の昭久さんの様子だと相手を知るまで引き下がらないと思い正直に答えた。

「翼くんよ」

「えー？」

　昭久さんはファミレス中に聞こえるほどの大きな声を上げた。

　私は、スッと席を立った。

　ファミレスを出て、家に帰る途中、メールの着信が入った。

　また昭久さん？

　そう思いながらスマートフォンを取り出すと、翼くんからのメールだった。

　メールを開くと画像が添付されていた。

　オーケストラのメンバーとの集合写真。そして文章には大成功の短い文字。

満面の笑みを浮かべる翼くんを見たら胸がぎゅっとなった。
早く帰ってこないかな。
そう思う自分に気づく。
こんなはずじゃなかった。
こんなに翼くんに会いたいと思うなんて……。

4　これって恋？

翼くんが大阪から帰ってきた。

コンサートが大盛況だったのは、先日送られてきた画像でもよくわかった。

「ただいま」

「お帰りなさい」

「はいこれ」

そう言って私に紙袋を差し出した。紙袋にはタコのイラストと、デカデカと書かれたたこ焼きせんべいの文字。

これを持って歩く翼くんの姿を想像し、クスッと笑ってしまう。

「どうかした？」

「ううん、なんでもない。お土産ありがとう」

部屋着に着替えた翼くんは、大阪でのコンサートの話をしてくれた。

大阪の公演は二日間あり、一日目は以前に私が観た内容と同じ演目で行い、もう一日は幼い頃からクラシックを身近に感じてもらおうと、子供を対象にしたコンサートを開催したのだそうだ。

普通は第三楽章まであると四十分以上の作品がほとんど。

それでは子供も飽きてしまうので、一度は聞いたことのあるような曲の一部を何曲か演奏した。

もちろん司会者がいて、子供にもわかるように説明してくれて、大盛況だったと興奮気味に話してくれた。

「もっともっとたくさんの人にクラシックを聞いてもらいたい。いや、できれば生の演奏を聞いてもらいたい」

そう話す翼くんの目はキラキラしていた。

でもまさか、翼くんとこうやって普通に会話する日が来るなんて想像もしていなかった。

そして今二人で過ごす時間がすごく楽しくて、私たちに終わりがあることを忘れてしまいそうになった。


それからしばらく過ぎたある日のこと。

「本城路さん」

会食から帰ってきた社長に呼ばれた。

「はい」

「さっき会食の時にこれをいただいたんだ。オーケストラのコンサートチケット。もし予定がなければ行ってくれないか？」

「え？　私がですか？」

「大島《おおしま》さんから君に渡してくれと頼まれてね」

「え？」

今日社長がお会いしていた大島様は、古くからお付き合いのある取引先の社長だった。

うちの社長とは一緒にランチに行く間柄で、私もよく存じ上げている。

「君が結婚したことを知って、これをくれたんだ」

「でも私がいただいてよかったのでしょうか」

「大丈夫。その日用事があって行けなくなったそうだから、君が行ってくれるなら彼も喜ぶよ」

「ありがとうございます。早速お礼の電話を差し上げてもいいでしょうか」

「そうするといい」

仕事中だったので中身を見ることはしなかったが、後からチケットを見て驚いた。

世界的に有名なベルリンオーケストラの来日コンサートで、首席指揮者はあのレモンド・マルタンだ。

レモンド・マルタンはかつて二十歳という若さで数々のコンテストで優勝した実力者。

現在は七十八歳だが、年齢を全く感じさせないエネルギッシュな指揮者だ。

今回の来日は二十年ぶりということで、いうまでもないがチケットは即完売だった。

そのコンサートに行けるなんてまだ信じられなかった。

いただいたチケットは二枚あるけど……。

翼くんを誘ったら一緒に行ってくれるのかな？

でも翼くんなら、こんな貴重なチケットはもう手に入れているはずなのでは？

一緒に行ったとしても、自分の席があるのなら席は別々？

じゃあ残った一枚はどうしよう。

母を誘う？

そんなことを考えていたら、翼くんが帰ってきた。

「おかえり」

「ただいま」

今日は打ち合わせだと聞いていたが、翼くんの両手は塞《ふさ》がっていた。

「どうしたの、その紙袋」

買い物にしては多すぎる。

「次の公演の打ち合わせに行ったんだけど、久しぶりに会ったメンバーのみんなから結婚のお祝いをいただいたんだ」

よく見ると有名ブランドの紙袋ばかり。

「なんかすごいね」

「開けてみてよ」

そう言われ、早速中身を取り出すと高級ブランドのペアのマグカップや入手困難な有名店のお菓子などが入っていた。

私たちは身内だけで式を挙げ、披露宴などはしなかったので、こういうお祝いを個別にもらうことがあった。

だけどそれは翼くんの方だけ。

私の場合一年後に離婚するのにわざわざ友人に結婚報告をするのを躊躇《ため》い、結婚布告は会社関係のみ。

だから今日もらったコンサートチケットは私にとって貴重なお祝いの品だった。

「翼くんって夕飯は？」

「軽く済ませた。舞は……まだ？」

「うん」

着替えていない私を見て察したようだ。

「じゃあ、俺が何か作ってあげるから、その間に着替えておいでよ」

「え？　でも」

「いいから、早く着替えておいで」

「うん」

私は自室に入り部屋着に着替えると、コンサートチケットを手に持ちリビングへ。

すると醤油《しょうゆ》の香ばしい匂いが漂ってきた。

もしかして炒飯《チャーハン》？

一気にお腹が減ってきた。

私に気づいた翼くんはフライパンを振りながら、

「もうできるから座ってて」

と笑顔を向ける。

指揮棒を振っている姿もかっこいいけど、フライパンを持つ姿も悔しいぐらいにかっこいい。

やがて、

「お待たせ」

美味しそうな炒飯が目の前に置かれた。

すると次に中華スープが出てきた。

「すごい。こんなのも作れるの？」

食欲が二割増しになる。

「スープなんて簡単だよ。それより冷めないうちに食べな」

「うん。い、いただきます」

両手を合わせてから炒飯をいただく。

ぱらぱらのご飯に卵、焼豚とネギ、味付けは醤油と出汁《だし》のきいた和風炒飯。

この味、覚えがある。

小さい時に、翼くんのお母さんが作ってくれた炒飯がこんな感じだった。

すごく美味しくて、母親に同じような炒飯を作ってとねだった。

だけど、母が作ってくれた炒飯はなんか味がぼけていて、翼くんのお母さんが作ったような味にはならなくてがっかりした記憶がある。

翼くんの作ってくれた炒飯はあの時食べた味にすごく似ていた。

「これ」

思わずスプーンを持っていない手で握りこぶしを作って、上下に振った。

「どうした？」

不思議そうに見る翼くん。

「この味懐《なつ》かしくて」

翼くんはニヤリと笑った。

「やっぱり覚えていたんだ。舞ってうちに来るといつも俺の母に炒飯作ってってねだってたよね」

まさかそんなことを翼くんが覚えていたなんて、思ってもいなかった。

「私、翼くんのお母さんが作る炒飯が大好きで、母に同じものを作ってって頼んだんだけど、全然似てなくて……それぐらい大好きだったの」

「俺の大好物だったから、留学する前に母さんから炒飯の作り方を教わったんだ。今じゃ自慢の一品なんだ」

「美味しい。毎日でも食べられる」

お口の中が幸せで溢れた。

「炒飯ぐらいならいつでも作ってやるよ」

翼くんははにかみながら、キッチンに戻った。

食事を済ませ、食器を洗い終え、お風呂に入ろうとした時だった。

「舞」

「何？」

「これさっきテーブルの下に落ちてたけど」

そう言ってチケットの入った封筒を差し出された。

「あっ！　ごめん、ありがとう」

どのタイミングで話をしようかと考えていたが、まさか落としてしまったとは。

さっと受け取ると、私は咄嗟にポケットにしまった。

「それ何？」

「え？」

「慌ててしまうなんて、俺に見られちゃまずいものなのかなって思って」

見られちゃまずくはないが、自分の心の準備が整っていない。

でも理由はそれだけなのかな？

違う。

断られるのが怖いからだ。

今までだったら、こんなことなんとも思わなかった。

私の性格からして誘って断られたって、そうなんだってぐらいにしか思わなかったはず。

私は翼くんに断られるのが怖いんだ。

「舞？」

「は、はい」

「ごめん、俺中身見ちゃった」

「え？」

「誰と行くの？」

翼くんの表情が、怒っているように見えるのは私の錯覚だろうか。

「誰って……」

「このコンサートチケットが入手困難なものだって、舞ならわかるよね」

わかる。

だってレモンド・マルタンだし……。

「そうやって隠そうとするのは俺以外の誰かと行くってこと？」

「え？」

「正直に言って。誰と行く予定なんだ？」

やっぱり翼くん怒ってない？

「そ、それは……翼くん？」

「え？」

翼くんの表情から怒りが消え、笑顔になった。

「だから、これは今日会社関係の方からいただいたものなの」

「そうなんだ」

「元々行く予定だった方が急用で行けなくなったの。でもこのコンサートなら翼くん、チケット入手していると思って……」

「じゃあ、二枚のうちの一枚は俺の分ってこと？」

「その予定だったけど、チケット持ってるよね？　だか——」

「一緒に行こうよ」

「え？」

予想していなかった答えに、私は驚きのあまり固まった。

だけど翼くんはそんな私の態度に首を傾げている。

「だっていただいたんだろ？」

「そうだけど、翼くんならこのオケのチケット取ってたりしていないの？」

「取ったよ。だってレモンド・マルタンだよ。俺の一番憧《あこが》れている指揮者だしね、日本で彼のコンサートに行けるなんてこの先あるかどうか」

「だったら一枚余っちゃわない？」

翼くんは首を横に振った。

「俺の取ったチケットは友人に譲ればいいよ。行きたくても取れなかった友人がいるんだ」

「それでいいの？」

本当にこれでよかったのかな……。

「なんで？」

「翼くんの席の方がいい席だったら申し訳ないし」

「じゃあチケット見せてよ」

私はポケットにしまったチケットを手渡した。

「う～ん。舞のこの席だけどすごくいい席だよ」

「え？」

私の席は二階席だった。

二階の前から二列目で、実際に行かないとわからないが数字を見る限り中央寄りだと思う。

「俺の席も悪くはないが、舞ほどじゃない」

「でも翼くんの席は一階でしょ？」

しかし翼くんが言うには、クラシックコンサートのいい席というのは映画の席と同じで、中央寄りの席がいいのだそうだ。

音がバランスよく聞こえてくるから。

でも私のいただいた席は、中央に近いとはいえ二階だ。どうしても一階の方がいいように思える。

「この会場の二階は前に突き出したような作りになっているから、二階の中央寄りだとしても一階の奥の席より全然よく聞こえるんだよ」

言われてみれば確かにそうだ。

二階が突き出していると一階に屋根ができる。

そうなると、音が届きにくいという欠点がある。

「よく、賓客が二階の最前列の中央に座ったりするのもそういう理由だよ」

私は聞く方じゃなく、弾く側だったから、席のことまでは無頓着だった。

「じゃあ、一緒に行こう。舞は仕事あるから会場で待ち合わせでいいかい？」

「うん」

「その後は、前回ご馳走し損ねたから食事して帰ろう」

翼くん、覚えていたんだ。

「じゃあ、それまでにどこがいいか考えなくちゃね」

それにしてもこんな展開になるとは思ってもいなかった。

でも翼くんと一緒にコンサートに行けることが純粋に嬉しいと感じていた。


そして迎えたコンサート当日。

実は前の日から私はそわそわしていた。

コンサートも楽しみだが、翼くんと外で食事するのは初めて。

この数日、暇さえあれば何を食べようか考えていたけど結局何も決められず、当日を迎えてしまった。

現在社長は海外出張でスウェーデンのストックホルムにいる。

遠くに離れていても、インターネットさえあればなんでもできる世の中だ。

時差は七時間あるが、社長は急な案件やトラブルがあればいつでも連絡をくれと言ってくれるのでとても助かる。

この日は仕事が終わるまで特に大きなトラブルもなく、待ち合わせ時間にも間に合いそうだと安心していた。

ところが仕事を終え、退社しようと部屋を出ると、営業の人たちが集まってなんだか神妙《しんみょう》な面持ちでパソコンの画面を見ていた。

「どうかしましたか？」

終業時間を過ぎているにもかかわらず私が声をかけたのは、社長から何かあればいつでも連絡をくれと言われていたからだ。

営業の責任者が言うには、部下のミスで、二つしか在庫のないレアな商品を四つ受注してしまったらしい。

二個しかないことを取引先に伝えたが、すでに四つ全ての行き先が決まっているとのこと。

偶然にもその商品は以前社長がスウェーデンで買い付けてきたもので、私もそのことを覚えていた。

「ちょっと待っててください、今社長に連絡を取ってみます」

私は自分のデスクに戻ると社長に連絡をし、経緯を伝えた。

社長がなんと言うか不安だったが、

『わかった。みんなには僕がなんとかすると伝えておいてくれ。それと営業部長に電話をくれるように言っておいてくれ』

「承知いたしました」

『それと確かコンサートは今日だったね。あとは僕と営業の方でなんとかするから君は早く行きなさい』

と言ってくれた。

後ろ髪を引かれる思いだったが、営業部長に託《たく》して会社を出た。

時計を見ると、翼くんとの待ち合わせ時間が近づいていた。

遅れるわけにもいかないからタクシーで行こうと、私は駅のタクシー乗り場へ向かった。

だがこういう急いでいる時に限ってタクシー待ちの人が並んでいる。

順調に乗れたとしてもコンサート会場へはギリギリだ。

気持ちが焦りだす。

そんな時だった。

私の前に並んでいたお腹の大きな女性が、突然しゃがみ込んだ。

「どうされましたか？」

慌てて女性に声をかけると、女性はお腹を抱えていた。

「大丈夫ですか？」

女性は小さな声で、

「破水……したみたいで」

と少しパニックになっていた。

「え？」

——どうしよう。

破水って、よくわからないけど、赤ちゃんが生まれそうってこと？

これって病院に行くレベルだよね？

同じ女性でも経験のない私はどうしたらいいのかわからず、あたふたしてしまった。

救急車を呼んでいいのかもわからない。

どうしたらいいの？

女性の前にいる人も、私の後ろにいる人も男性で、頼れそうな人はいない。

「あの……どうしたらいいですか？」

「電話、病院に電話します」

そう言ってバッグからスマートフォンを取り出し電話をかけ始めた。

「辛かったら私が代わりに話します」

そう言うと女性は小さく首を横に振って、辛そうに微笑《ほほえ》んでみせた。

女性が電話を切ると私に、

「ありがとうございます。病院に……来るようにって言われたので……」

「救急車は呼ばなくてもいいの？」

「……はい」

私は女性の前に並んでいる男性に、事情を説明してタクシーの順番を代わってもらえるようにお願いした。

幸いにも、ちょうど到着したタクシーに乗り込もうとしていた男性が譲ってくれて乗ることができた。

女性はこういう時に備えて小さなレジャーシートを持っていたので、運転手さんがそれをバックシートに敷いてくれて座った。

このままドアを閉めてしまえば終わりなんだけど。

彼女が不安そうな様子で会釈した。

きっと一人じゃ心細いのでは？

と思った私はおせっかいだとわかっていたけど自分もタクシーに乗ってしまった。

「かかりつけの病院は？」

「桜澤東《さくらざわひがし》病院です」

「運転手さん、桜澤東病院までお願いします」

そう告げ、時計に目をやった。

待ち合わせ時間まであと十分。

チケットはそれぞれ持っていたので、翼くんには事情を説明して先に会場に入るよう連絡しようとスマートフォンを取り出した。

ところが女性が急に前屈みになった。

「だ、大丈夫ですか？」

「う、うん」

お腹を押さえ、苦しい表情の女性。

こういう時、何も知らない自分を悔しく思う。

女性は少しすると落ち着いたようで、大きく息を吐くと、頭を下げた。

「すみません。見ず知らずの方に……」

「いいの。それより誰かにご連絡しなくて大丈夫ですか？」

女性は黙ってしまった。

もしかして余計なことを言ってしまった？

だが、女性はふっと笑顔を見せた。

「実は夫は今日から出張で大阪に行っているんです。連絡しても帰ってこれるかどうか」

「……そうなんですね。でもお知らせだけはした方が」

おせっかいかなと思ったけど、大事な出産を控えて心細げな彼女の姿を見ていたら言わずにはいられなかった。

たとえ出産に間に合わなくても、旦那さんの声を聞くだけで少しは落ち着くのではと思ったからだ。

「ありがとうございます。そうですよね。黙ってたら彼に怒られちゃ……いたっ！」

私は彼女のお腹の痛みがおさまるまで手を握っていた。

そうこうしているうちにタクシーは病院に到着した。

辛そうな妊婦さんに変わり、私が受付で説明をしていると看護師の方が迎えに来てくれた。

ただ、彼女は外出先からの帰り道で破水してしまったため、ほとんど手ぶら。

入院するための持ち物もない状態で来てしまった。

私は一緒にいるだけでなんの役にも立っていない。

すると看護師さんが私に声をかけた。

「彼女のご主人とご両親に今連絡が取れまして、ご両親が入院セットを持ってきてくれるそうです。あとは大丈夫と言いたいところなんですが……」

なんだか歯切れの悪い言い方。

「何でしょうか？」

「彼女牧野《まきの》さんっていうんですが、初めての出産ですごく心細いそうで……もしお時間があれば、彼女のご両親が来るまでの間だけでいいので一緒にいてあげられませんか？　すぐにみえるそうなんですが」

私自身、初めての出産立ち合いで気が動転していた。翼くんを待たせていることが完全に頭から抜けていた。

「わかりました」

私は彼女の病室へと案内された。

診察が終わり、陣痛の間隔も遅いということらしく、出産はまだ先だそうだ。

牧野さんの表情も、少し安定しているように見え私も安心した。

「大丈夫ですか？」

「はい。ありがとうございます。それとわがまま言ってごめんなさい。まだお名前も知らないのに……」

「そうでしたね。本城路舞です」

「牧野朋美《ともみ》です。本当に助かりました。もし本城路さんがいなかったと思うと……」

確かに、これがもし立場が逆転していたら私だって同じことを思ったに違いない。

「私はただ付き添っていただけで……」

正直彼女の役に立っていたかどうか。

「そんなことありません。本当に心強くて、一人だったらここまで来れたかわかりませんでした。でも、ご予定があったんじゃないんですか？」

――ご予定……あっ！

すると看護師がノックして入ってきた。

「今から診察をするので、少し待っててもらえますか？」

た。

「あっ、はい」

私はいったん病室を出た。

バッグからスマートフォンを取り出すと、着信もメールも通知が相当数溜まってい

た。

それらは全て翼くんからだった。

どうしよう、きっと怒ってる。

すぐにでも連絡を取りたいが、コンサートはもう始まってしまった。

電源を切っているか、マナーモードにしているに違いない。

それに演奏中は音楽に集中しているはずだから、メールを送っても気づいてくれないかもしれない。

せっかくのコンサートだったのに……。

でも彼女を一人にすることができなかった。

翼くんごめんなさい。

「お待たせしました」

看護師が病室から出てきた。

入れ替わるように入ると、朋美さんの表情はさっきより明るくなっていた。

「赤ちゃんの様子は順調でした。もしかするとこれから本格的な陣痛が始まるかもしれないって。子宮口も開いてきているみたいなんで」

「そうなんですね。で、旦那さんには連絡できた？」

「はい。メールでですけど」

「じゃあ少しは安心ですね」

「はい。本当にありがとうございます」

「喉《のど》乾いてないですか？　私喉乾いちゃって……」

「じゃあお水を」

「わかりました」

私は病室を出ると、バッグからスマートフォンを取り出し、翼くんにメールを送った。

【ごめんなさい。今桜澤東病院にいます。破水した妊婦さんを放っておけなくて付き添ってます】

と書いて、急いで送った。

翼くんならわかってくれると思っている。

ただ、本当ならもっと早く連絡できたはずなのに、それができなかった。

今すぐにも謝りたいのにそれができないもどかしさにモヤモヤしながら自動販売機へ向かった。

お茶とお水を買って戻ると、朋美さんの陣痛が始まっていた。

その時だった。

勢いよくドアが開いたと同時に、

「朋美！」

と名前を呼びながら男性が入ってきた。

「仁くん？」

旦那様だろうか、朋美さんは男性を見て驚いていた。

「朋美、大丈夫か？」

「大丈夫だけどなんで？　大阪にいるんじゃなかったの？」

「昼の三時頃、ちょっと調子が悪いって、メールくれただろ？　出産も近かったから心配してたんだよ。そしたら上司が、奥さんのところに行ってやれって言ってくれてさ」

やっぱり旦那さんだったんだ。

「そうなんだ。あっそうだ。仁くん、この方が破水した私をここまで運んでくれたの」

旦那さんは姿勢を正し、勢いよく九十度頭を下げた。

「このたびは妻がお世話になり、本当にありがとうございます」

朋美さんが経緯を事細かに説明すると、ご主人はさらに何度も頭を下げた。

「本当にありがとうございます。なんとお礼を申し上げればいいのか」

とても腰の低く優しそうなご主人だ。

朋美さんがご主人の顔を見て安心したのか、それともお腹の赤ちゃんがもう産まれても大丈夫だと思ったのか、定かではないが、陣痛の間隔が徐々に短くなっているようだった。

すると今度は朋美さんのご両親だろう、ボストンバッグを持った中年のご夫婦が現れた。

これだけの人がいればもう大丈夫だと思った私は、何も言わず病室を後にした。

なんかすごいな。

ご主人は出張中だったのに、ちゃんと出産に間に合った。

ご主人の姿を見た時の朋美さんの嬉しそうな顔と、朋美さんをいたわるご主人の姿を羨ましく思った。

ふと時計を見ると、コンサートはまもなく終わろうとしていた。

スマートフォンを見ると、私が送ったメールに返信はなかった。

そうよね、怒って当然。

もっと早く連絡していたらここまで怒らせることはなかった。

でも朋美さんを助けたことを後悔はしていない。

そんなことを思いながら下へ向かうエレベーターを待っていると、朋美さんのご主人がやってきた。

「本城路さん、本当にありがとうございました」

「いえとんでもないです」

「妻なんですが、そろそろ分娩室に入るみたいで」

「そうなんですか。朋美さんに頑張ってくださいとお伝えください」

「わかりました。それと……差し支えなければ名刺をいただけませんか？」

「名刺ですか？」

「朋、いえ妻が連絡先を聞いてきてほしいって。産まれたら報告したいって言うので、わがまま言いますがお願いできないでしょうか」

私はバッグから名刺とペンを取り出すと、裏側に電話番号とメールアドレスを書いて渡した。

「これ、私のプライベートの番号です」

ご主人は丁寧に受け取ると、嬉しそうに深く頭を下げた。

「ありがとうございます。では失礼します」

そう言って朋美さんの元へ向かった。

すると同じタイミングでエレベーターが到着して扉が開いた。

それに乗り込み、一階に着くと出口へと向かう。

誰もいない病院は静まり返り、妙に冷たく感じる。

どんな顔をして会えばいい？

そんなことを思っていた時だった。

「舞」

聞き慣れた優しい声にパッと顔を上げると、前方に翼くんの姿があった。

——なんでここに？

私は夢でも見ているのではないかと自分の目を疑ったが、目の前にいるのはやっぱり翼くんだった。

翼くんは私との距離を徐々に詰めてきたが、逆に私は驚きのあまり動けなくなる。

一体いつからここに？

コンサートは今ちょうど終わったぐらいの時間。

まさか途中で抜けた？

いやそんなことは……。

だって翼くんの大好きな指揮者の二十年ぶりの来日コンサートだったはず。

今の状況が整理できず、固まっている私をよそに翼くんが目の前までやってきた。

「大変だったな。大丈夫か？」

「え？」

「妊婦さんに付き添ってたんだろ？　妊婦さんはもう大丈夫なのか？」

「うん、ご主人とご両親が来たから」

なんで？

そんな優しい目で私を見るの？

「よかった」

翼くんは私の頭を優しく撫《な》でた。

「どうして？」

思っている言葉がストレートに出てしまった。

「ん？　何？」

「どうして怒らないの？　私、コンサートすっぽかしたんだよ。連絡を入れずに、翼くんを待たせて」

　怒られて当然のことをしたのに、なんでこんなに優しい目で私を見るの？

「もちろん心配した。何かあったんじゃないかって気が気じゃなかった」

「だったら――」

「でも人助けをした舞を俺が怒れると思う？　それに舞は、困っている人を黙って見過ごすようなことはしないって知ってるから」

　そんなふうに思っていたの？

　でもいつ私が送ったメールを確認したの？

　コンサートの最中にメールなんか確認するわけがないのでは？

「翼くん、コンサートは？　途中で抜けたの？」

　私の問いかけに翼くんは首を横に振った。

「コンサート会場には入っていない」

「どうして？　だって今日のコンサートは翼くんの憧れの指揮者だったじゃない。私のせいよね、私が約束を破ったから……」

私のせいで、楽しみにしていたコンサートを台無しにしてしまった。

自然と涙が頬を伝う。

こんなはずじゃなかったのに……。

そんな思いとは裏腹に、翼くんは私を抱きしめた。

突然のことに頭が真っ白になる。

まさか抱きしめられるなんて。

どうしよう。

こんな時なのにドキドキしている。

絶対に私の鼓動の音が、翼くんにも伝わってる。

「舞のせいじゃない。俺の意思で決めたことだ。コンサートより舞の方が大事だったしね」

え？

ちょっと待って。

どうなってるの？

コンサートより私の方が大事って……どういうことを意味しているの？

どう返せばいいのか、適切な言葉が思い浮かばない。

そんな私をよそに翼くんは続けた。

「だけど俺をこんなに心配させた責任は取ってもらわないとな」

「も、もちろん。じゃあ、私が今度ご馳走するってのはどう？」

「ダメだ」

「じゃあ、今度翼くんが観に行きたいと思うコンサートのチケットを買うっていうのは？」

「ダメだ」

じゃあどうやって責任を取ればいいっていうの？

「じゃあ、何がいいの？」

「何がいいって、俺がリクエストしたらそれに応えてくれるのか？」

「内容にもよるけど」

「じゃあ、今日は俺のそばにいて」

「え？」

そんなことでいいの？

そばにっていつも一緒にいるのに？

すると私を抱きしめる腕がスッと離れ、翼くんは腰をかがめ私と目線を合わせた。

あまりにも近い距離に、身構えてしまう。

「そんなに驚かれると困るな。俺たち夫婦なんだろ？」

「そ、そうだけど」

「わかったら、ほら一緒に帰ろう？」

そう言って翼くんが手を差し出した。

この手ってまさか。

「ほら早く」

催促《さいそく》するように再度手を差し出された。

ドキドキしながら翼くんの手に触れると、逃がさないとばかりに私の手を強く握った。

どうなってるの？

夢でも見ているのだろうか。

胸がドキドキするばかりで、翼くんの言葉の意味がまだ理解できない。

でもこの胸の高鳴りを私は知っている。

これって……。

病院のロータリーに停まっているタクシーから乗客が降りてきた。

そのタクシーに乗り二人の住むマンションへと向かった。

その間翼くんは私の手を離さなかった。

そんな中、私は小さい頃のことを思い出していた。

小さい頃の私は翼くんとよく遊んだ。

赤ちゃんの時のことは全く覚えてないけれど、物心がつく前から一緒にいた。

小さい頃の翼くんは女の子のように可愛くて、女の子だと思っていた時期もあったほど。

お出かけする時も必ず手を繋いでいたし、お昼寝だって一緒だった。

どちらかというとおませな私の方がリードしていたような気がする。

そういえば……幼稚園の頃お友達に、

「舞ちゃんは誰が好きなの？」

って聞かれて、

「翼くんだよ」

って答えたことがあった。

翼くんとは幼稚園が違うため、翼くんのことを知っている子は誰もいない。

だからか私は得意げに、

「私、大きくなったら翼くんと結婚するの」

って言ったことを思い出した。

そんなこと、すっかり忘れていたのに……。

実際に結婚して生活をともにすると、翼くんは全然変わっていなかった。

小さい頃のままいつも優しくて……。

忘れていた翼くんに対する思いに気づかされた。

私、本当は自分でも気づかなかったけど、翼くんのことが好きだったんだ。

まさかこんな時に気づくなんて。

そうこうしているうちにタクシーがマンションの前で止まった。

流石にタクシー代を払う時に手は離れたけど、私の鼓動は今までにないほどドキドキしていた。

自宅に着くと私はキッチンに入った。

「翼くん、お腹減ってるよね。簡単なもの作るからちょっと待って――」

「何も作らなくていいからこっちにきて」

「え？」

「いいから」

自分の気持ちに気づいてしまった私は翼くんの顔をまともに見られない。

私がソファに座ると、続いて翼くんも隣に座った。

心なしか、距離が近いような？

でも今はそんなことを言う余裕はなかった。

「あのさ、さっき言っていた『そばにいて』っていうのってこういうことなのかな？」

だが聞こえてきたのは笑い声だった。

「俺の言葉の意味わかってる？　それともはぐらかしてる？」

はぐらかすって何？

「そんなんじゃないよ」

「待っても待っても舞の姿がなくて、タクシーが止まるたびに、舞じゃないかって。自分はもっと落ち着きのある人間だって思ってた。だけど気づいたんだ、舞のことになると冷静ではいられないって」

「翼くん？」

「チケットを持っていたから先に会場に入ろうと何度も思ったが、できなかった。事故にでも遭ったんじゃないかって不安になって」

私は翼くんの手に自分の手を重ねた。

「本当にごめんなさい。でも私、本当に今日一緒にコンサートに行けることを楽しみにしていたの」

昨夜、本当に眠れなかった。

何を着て行こう、コンサートが終わったら何を食べに行こう。

こんなにそわそわしたのは遠足の前日以来だった。

「きっと嫌われると思った」

「嫌いなわけないだろ……嫌いなわけないんだよ」

翼くんの顔が近づく。

「翼くん」

「嫌いになれたら楽だったのにな」

そして翼くんが私の唇にキスをした。

最初は触れるだけだった。

唇が離れると、また重ねてを繰り返す。

徐々に熱くなる。

まだ心の中で、本当にキスしていいのと囁《ささや》くもう一人の自分がいた。

このままだと、本気になってしまう。

私と翼くんの結婚には終わりが待っているのに……。

だけどそれ以上に、気づいてしまった翼くんへの想いが止まらなくなっていた。

すでに私の身体中を電流が走るような甘い痺れが襲っていた。

これ以上先に進んじゃダメだって、頭ではわかっているのに止められなかった。

「嫌なら振り解《ほど》いていいよ。その代わり俺から離れなかったら……わかるよね」

彼の言っている言葉の意味をすぐに理解した。

鼓動はドキドキからバクバクに変わり、甘い痺れは全身に広がり、熱を帯びている。

だけど心はとても満たされて、幸せでいっぱいになっていた。

「舞？　大丈夫か？」

不意に唇が離れた。

「え？」

「目が潤んでるし、嫌ならもう」

私は答える代わりに抱きついた。

頭上から小さなため息をつきながら、彼は私の頭を優しく撫でた。

「だってこんなことされたら……もう歯止めが利かなくなるってわかってやってるのか？」

私はゆっくりと顔を上げ翼くんを見つめた。
すると、翼くんの顔が赤くなったような気がした。
「おい、そんな顔すんな。もう、どうなっても知らないからな！」
そう言ったかと思うと、翼くんは私の腕を掴み翼くんの寝室へ。
初めて入った翼くんの寝室。
ベッドに押し倒され、再びキスの嵐。
お互い合意の上で体を重ねた。
彼は常に優しかった。
その気持ちが嬉しくて、何度も涙が込み上げた。
だけど私も翼くんも決して自分の気持ちを声に出すことはなかった。
何度も好きと言葉に出しそうになったけど、グッと堪えた。

5　二人の距離

結婚して初めて彼に抱かれ、本当の夫婦になったような気がした。

それからは私が思い描く新婚夫婦のように仲がよくなった。

寝室は同じになって、いつも私のそばには翼くんがいる生活へと変わっていった。

もしかしたらこのままずっと一緒にいられるのではと思う反面、この幸せは一過性《いっかせい》のものかもしれないと思うこともある。

実際にお互いの気持ちを口にしていないので確かめようがない。

いや、確かめるのが怖いのだ。

今が幸せすぎるから。


そんなある日の土曜日のことだった。

私は土日休みだが、翼くんの休みはバラバラだ。

今日の翼くんは雑誌のインタビューの仕事で都内のホテルへ向かった。

その後、大学時代の友人と会う約束をしているとのこと。

久しぶりの一人の土曜日。

結婚する前はスイーツ作りが趣味でよく作っていたけど、ずっとバタバタしていて趣味を楽しむ余裕も気力もなかった。

最近になってやっと心に余裕ができたから、久しぶりにスイーツ作りを再開することにした。

パウンドケーキ、チーズケーキ、パンプキンプリン……。

昨夜から何を作ろうかずっと考えていたが、なかなか決まらずにいた。

だけど、今朝テレビの情報番組でシフォンケーキの特集を見ていた翼くんが、

「あれ、あのケーキ美味しそうだな」

と呟《つぶや》いた。

それは人気のパティシエが作った、アールグレイのシフォンケーキだった。

サプライズしたくなった私は、翼くんが出かけた後に材料を買いに行った。

「う～ん。いい匂い」

シフォンケーキを作ったのは数回だけで、ちょっと自信がなかったけど、出来上がると、紅茶の上品な匂いが部屋中に広がった。

焼き上がりもよく、これならきっと翼くんも喜んでくれるだろう。

アイスティーを飲みながら彼の帰りを待った。


翼くんが帰ってきたのはそれから数時間がたった十八時。

「ただいま～」

「おかえり」

「ん？」

翼くんが花を嗅ぐようなジェスチャーをした。

「な、何？」

「すごくいい匂いがする」

バレないように換気扇をずっと回していたが、微《かす》かに残っていたようだ。

だけどどういうわけか、帰宅してからずっと翼くんは左腕を後ろに回したままだった。

どうしたのかな？　と思ったその時だった。

「プレゼント」

と言うと隠していた左手をパッと私の前に差し出した。

「あっ！」

それは綺麗な花束だった。

赤い薔薇《ばら》を中心にしてその周りにグリーン系や白系の草花があしらってある。

大きさは家にある花瓶にちょうど収まるサイズだった。

「これを私に？」

思いがけないプレゼントに驚きを隠せなかった。

まさにサプライズだ。

そんな驚く私を満足げに見ている翼くん。

「舞以外誰がいるんだよ」

「そ、そうかもしれないけど……でもどうして？」

私以外いないって言われて、嬉しさが込み上げてくる。

「よく考えたら俺、舞に一度もプレゼントをしたことがないと思って」

「ありがとう」

でもそんなことを言われたら……。

サプライズで作ったシフォンケーキだけど、こんなセンスのよい素敵な花束をもらった後じゃ、渡しにくい。さっきまでの自信が吹き飛んでしまった。

「ところで、この甘い匂いって？」

「それは……」

「俺には教えたくない？」

私は全力で首を横に振った。

「違う。実は今日ケーキを焼いたの」

「ケーキ？」

翼くんの目が輝く。

「うん、シフォンケーキだけど……」

消え入るような声で答えるが、翼くんの目はさらに輝く。

「もしかして、俺が今朝テレビ見てシフォンケーキ美味しそうって言ったから？」

小さく頷くと、翼くんは私に抱きついてきた。

「つ、翼くん？　ちょっと痛いよ」

強く抱きしめられて痛いぐらいだった。

「ごめん。でも、舞が悪い。可愛いことするから」

「可愛いこと？」

顔が一気に熱くなる。

「そう、可愛いこと。ってことで食べていい？」

「いいけど、ご飯は？」

「ご飯より先に食べたい」

「わかった」

すると翼くんの体が私からスッと離れた。

私はキッチンに入り、シフォンケーキをカットしてお皿に盛り付け、生クリームを添えた。

そしてさっき作っておいたアイスティーと一緒に出した。

「うわっ、これ本当に舞が作ったの？」

「一応、でも味の方はどうか……」

「絶対に美味しいはず。じゃあいただきます」

翼くんは生クリームをつけずにシフォンケーキを一口食べた。

すると目を大きく見開き、その後も生クリームをつけずに食べ続けた。

そして私の方を見ると大きく頷いた。

「めちゃくちゃうまい。これ、生クリームに申し訳ないけど、全然なしでも美味しい。おかわりある？」

「あるけど」

「じゃあおかわり」

あっという間に平らげると私にお皿を差し出した。

キッチンでカットしようとすると、

「大きめで」

とリクエストが入る。

嬉しくて口元が緩む。

私は大きめにカットしたシフォンケーキをテーブルに置いた。

満足そうな笑顔を見届けると、サプライズプレゼントの花束を花瓶に入れ、いつでも眺められるようテレビスタンド横のキャビネットの上に置いた。

そしてキッチンに戻ろうとした時だった。

パリーンと何かが割れる音がした。

私がさっきまで飲んでいたアイスティーのグラスの置き場所が悪かったらしく、手が当たってグラスが床に落ちてしまったのだ。

床にはガラス片が散らばっている。

「舞、大丈夫か？　そこを動くな。俺が片付けるから」

「大丈夫だよ。私が割っちゃったんだし、翼くんが怪我でもしたら大変だから」

大きな破片は拾い、その後掃除機をかけ、床用のロールテープを念入りにかけて片付け、立ち上がった時だった。

「痛っ！」

ガラス片を見落としていたのだろう、足の裏にガラスが刺さってしまった。

「大丈夫か？」

翼くんが駆け寄る。

痛みを堪えて足の裏を触ると、確かに刺さっているのがわかった。

「大丈夫、抜けば大丈夫だから」

だが、床には血がついていた。

「舞、血が出ているよ」

「このぐらい全然平気。私が掃除するからそのままでいいよ」

と答えると、翼くんが私を抱きかかえた。

「え？　ちょっと本当に大丈夫だから」

大した怪我じゃないのに、お姫様抱っこされて恥ずかしくなる。

翼くんは私の声を無視するとソファに運び手当てをしてくれた。

「ありがとう。でもあとは大丈夫」

「舞は全くわかっていない」

「え？　何が？」

「この足は舞のものだけど、夫である俺のものでもあるんだから」

そう言って、私の足の甲にキスをした。

「つ、翼くん？」

私の足にキスするなんて、びっくりして痛みどころじゃなくなる。

私は、翼くんのもの。

だったら翼くんは私のものでいいの？

手当てをしてもらって足は痛くなくなったけど、私の胸はずっとキュンキュンしっぱなしだった。


それから二ヶ月が経ったある日。

偶然に私と翼くんの休みが重なった。

特に予定もなかったが、こんな時しかかさばる買い物ができないので、日用品などの買い物に出かける準備をしていた時だった。

一件のメールを受信。

以前に病院まで付き添った妊婦さん、朋美さんからだった。

朋美さんとは、あれ以来メールでのやりとりをしている。

メールを開くと可愛い赤ちゃんの画像。

「きゃー。また可愛くなってる」

あまりに可愛すぎて悲鳴のような声が出てしまった。

「おいどうかしたのか？」

そんな私の声に驚いたのか、翼くんがリビングにやってきた。

「見て見てこれ」

スマートフォンを翼くんに差し出すと。

「おお、大きくなったな。子供の成長って本当に早いな」

「だよね？　見てよ。目がくりっとして可愛い」

あれから彼女は元気な女の子を出産した。

今送られてきたメールには、画像とともに遊びに来ないかという内容が記されていた。

「ねえ、ねえ、朋美さんが赤ちゃんに会ってくださいって」

興奮気味に言う私に、翼くんは優しい眼差しを向けてくれる。

「よかったじゃないか。行っておいでよ」

「うん。でもね、翼くんも一緒にって書いてある」

文章の下の方に旦那様と一緒にと書いてあった。

「え？　俺も？」

「ダメ？」

「ダメなわけないだろ？」

「本当に？　本当にいいの？　返事しちゃうよ？」

「俺の気が変わらないうちに返事しちゃえば？」

そして朋美さんと数回のメールをやりとりし、次の土曜日に会うことになった。

約束の当日、私たちは少し早く家を出て、出産のお祝いを買うためにデパートへ向かった。

「なんかすごいね」

ベビー服売り場に行くのは初めてだけど、有名ブランドショップがこんなにたくさんあることに驚いた。

今は赤ちゃんの服もハイブランドの時代なんだと感心してしまった。

でも一流企業の御曹司である翼くんは、驚く様子もない。

「これなんかどうだ？」

そう言って翼くんは手招きし、ハイブランドの服を勧めてきた。

もちろんプレゼントしたい気持ちはやまやまだが、もらう方も気が引けてしまうのでは？

こういうのは気持ちだからと、首を振りナチュラルで可愛い服を置いているお店に入った。

「か、可愛い」

自然で優しい色合いのピンクや、ベージュ、ふじいろ。

微妙な色合いの変化がこれまた可愛いし、肌に優しいオーガニック素材を使っているところもいい。

自分に子供はいないけど、欲しくなってしまう。

「可愛いね」

「でしょ？　どれも可愛くって……自分に子供ができたらこういう服着せたいな」

と言った後、私は軽はずみに言ったことを後悔した。

それは本当に深い意味などなかった。

もしもの話だし、願望というのとは少し違う。

だけど翼くんからしたら迷惑な話だったのかもしれない。

だけど翼くんの反応は私が思っていたものとは違っていた。

「なんか想像できる」

そう言ってくすくす笑っている。

私が深く考えなかったように翼くんも深く考えてはいなかったようだ。

ホッとしたものの、心は複雑だった。


「可愛い～」

私はついに朋美さん夫婦の赤ちゃんと初対面を果たした。

画像では何度も見せてもらっているけど、やっぱり実物は全く違う。

ベビーベッドで寝ている赤ちゃんを覗き込むともちもちすべすべの肌に、ぷにぷにのおてて。

髪の毛も柔らかくてお人形のような可愛らしさ。

朋美さん似の目のくりっとした可愛い女の子だった。

「抱っこしますか？」

「いえいえ、とんでもない」

赤ちゃんを抱っこしたことはないし、緊張しちゃう。

「そんなこと言わず、この子人見知りしないからぜひ抱っこしてください」

翼くんに意見を求めようと視線を移すと、

「せっかくだから」

と促された。

流石に寝ている子をそのまま抱っこする勇気はなかったので、朋美さんから受け取る形で抱っこさせてもらうことに。

「はい、どうぞ」

「は、はい」

恐る恐る手を出し、抱っこする。

赤ちゃんの肌は本当に柔らかい。

朋美さんが言うように人見知りせず、私に体重を預けるように眠ってしまった。

「あら、舞さんに抱っこしてもらったら眠っちゃった」

「いつもこうなんですか？」

育児経験ゼロの私には全てが未知の世界だ。

「人見知りはしないけど、眠ったりはしないです。舞さんだから安心したのかな?」

朋美さんは赤ちゃんのほっぺをツンツンしたが、やはり起きる気配はなし。

自分の子ではないけれど、赤ちゃんを抱っこしてるだけで幸せな気持ちになれる。

「結構様になってるな」

「そ、そう?」

「舞のママになった姿を少し先に見れた感じだな」

「ママにって……」

翼くんと一緒にいられる時間はそう長くないのに、そういうことを言われると、胸がずきっとする。

望んでいいこととそうじゃないことがあるが、赤ちゃんなんて、そんな欲張りなことを願うのは罪だ。

だけど私たちの事情を知らない朋美さんは会話を聞きながら、

「舞さんならきっと素敵なママさんになるはずですよ」

と言った。

「いや、そんなこと――」

「僕もそう思ってるんですよ」

否定しようとすると、遮るように翼くんが間に入ってきた。

「翼くん？」

まさかこんなことを翼くんが言うなんて思いもしなかった私は、咄嗟に名前を呼んだ。

「何？」

「何って……こういうのは授かり物だし……」

それっぽく誤魔化したが、翼くんの反応は気になる。

「確かに授かり物だけど、舞を見てると絶対いいママになれると思うよ」

真顔で答えられ、逆に何も言い返せなくなった。

そんな私たちを見ていた朋美さんは、

「なんか素敵なご夫婦で羨ましい。うちの仁くんはそんなこと言ってくれないし」

と何かを訴えるような目で、隣にいた旦那さんの方を見た。

「いや、俺だって朋美にはすごく感謝しているよ」

と慌てる旦那さん。

朋美さんが言うには、思っているだけでは気持ちは伝わらない。言葉にしてほしいとのこと。

私も同じ意見だ。

言葉にしなくたってわかるだろ？　って思っている人もいるけれど、言われないとわからないし、言ってほしい。

ただ、翼くんに関しては、今みたいに言葉にしてはくれるけど、その真意がわからなくてモヤモヤする。

すると眠っていた赤ちゃんが突然泣き出した。

朋美さんは私から赤ちゃんを受け取ると、別室に移動して、オムツを交換した。

優しい声で赤ちゃんにいないいないばあをすると赤ちゃんは、

「あ～あ～」

と声を出し、喜んでいるようだった。

その姿を見ていると、さらに赤ちゃんのいる生活を羨ましく思った。

もちろん育児は私が思っている以上に大変だろうけど、大好きな人との子供なら、どんな苦労も乗り越えられると思うな。

でも実際はどうなんだろう。

「育児ってやっぱり大変ですよね？」

朋美さんの姿を見て出た言葉に、朋美さんは赤ちゃんを抱っこしながら優しく微笑む。

「大変よ。赤ちゃんって寝るか泣くか。こっちの都合なんかわかるわけもなく、夜中に泣いたり、オムツ替えたり、ミルクあげたり。でも大変なこと以上に素敵なことや感動することがあるから楽しいです」

タクシー乗り場で破水して、病院まで付き添った時の彼女はとても不安そうだった。

そんな彼女がたった数ヶ月余りで、本当に素敵なママになっていた。

そんな彼女を見て、私たちは何か変わったのだろうかと思ってしまった。

彼女との出会いは、私と翼くんとの距離を変えてくれた。

だけど私たちにはまだ見えない壁がある。

その壁を壊したら一緒にいられなくなるから。

朋美さんは、よく旦那様と喧嘩してしまうと言っていたことがある。

それはとても些細《ささい》なことで、後になってなんでこんなことで喧嘩しちゃったんだろうと思うことばかりだと……。

だけど私は、なんでも言い合える関係を羨ましいと思った。

恋愛感情がなかった時はなんでも言えたのに、好きだと自覚したら言えなくなった。

恋をするって人をより臆病《おくびょう》にさせるのかもしれない。

帰りの車の中でのことだった。

「赤ちゃん可愛かったね」

と突然、翼くんが話しかけてきた。

「うん、そうだね」

「舞が、赤ちゃんを抱っこしていたら眠っちゃっただろ？　一瞬自分たちの子に見えてさ」

それってどう言う意味？

どう返したらよいのか困った。

「本当？　私はドキドキしていたんだけど」

「こういうの、なんかいいなって思っちゃったんだよね」

おそらく深い意味はなく、感じたままを私に伝えたのだろう。

だけど私は深く考えてしまう。

こういうのって何？

子供のいる生活ってこと？

翼くんの真意を確かめたい。

この先もずっと一緒で、私との子供を望んでるってことなの？

だけど、私たちはお互いの想いを口に出したことはない。

言ってくれなきゃわからないのだけれど、知るのも怖い。

私は何も言えなかった。

翼くんもそれ以上何も言わなかった。

すると別の話題に変わった。

「ところでさ、前回のデートのリベンジしないか？」

「リベンジ？」

翼くんは、車のサンバイザーからチケットらしきものを取り出し、私に手渡した。

「打ち合わせの時にもらったんだ。知人がジャズピアニストで」

それはジャズコンサートのチケットだった。

「ジャズは嫌い？」

そう尋ねられ返事に困った。

「嫌いっていうより、ジャズってあまり聴いたことなくて……」

「そうか……じゃあや――」

多分やめようかと言おうとしたのかもしれない。

「行く！　コンサートに行きたい」

どこだっていい。

翼くんとの思い出をたくさん作りたかったのだ。

翼くんは小さく微笑むと、

「じゃあ、三週間後空けておいてね」

そう言うと私からチケットを取り、またサンバイザーの隙間《すきま》にしまった。

そのタイミングで、車はマンションの駐車場についた。

車を降りてロックした時だった。

翼くんの方から着信音が聞こえた。

彼がポケットからスマートフォンを取り出し、確認をする。

一瞬だが彼の表情が変わったことに私は気づいた。

誰からなのか聞くのも失礼かなと思い、

「大丈夫？」

と声をかけると翼くんは、

「先に部屋に行ってて」

と私に背を向けるようにしてスマートフォンを耳に当てた。

多分仕事関係の人だろう。

その時は何も疑わなかった。

ところが、その日を境に彼の様子がおかしくなったのだ。


「それでね、そのお客さんが――」

「ごめん」

一緒に食事をしていると、翼くんのスマートフォンからメールの着信音が鳴った。

翼くんは画面を観ると、話の途中でも席を立つようになった。

元々動画を観たり、ゲームをしたりするタイプではない翼くんは、普段チェストの上に置いてあるソファ型のスタンドにスマートフォンを置いていた。

ところが、最近は常に自分の手元に置くようになった。

トイレに行く時も、お風呂に入る時も肌身離さずスマートフォンを持ち歩いている。

流石にこれは怪しいと思い始めた頃だった。

私はいつもお昼休憩に動画サイトのインテリアや、キッチン雑貨、おしゃれな暮らし系などのお気に入りチャンネルを見ているのだが、間違って関係ない動画をタップしてしまった。

それは夫の不倫を疑った奥さんが探偵を雇って夫を調べ、多額の慰謝料を請求し離婚するというような内容の動画だった。

興味のない私は、別の動画に切り替えようとしたのだが、その手がピタリと止まった。

動画では、妻が夫を疑うきっかけとして、スマートフォンを手放さなくなったことを挙げていた。

トイレはもちろん、お風呂場まで持っていく始末。

連絡が入るとすぐに席を立ち別室に移動。

さらに一緒に出かけることが減った代わりに出張や休日出勤が増えた。

残業も増え、帰宅時間は日増しに遅くなるばかり。

ひどい時は日付が変わる頃に帰宅。

その割にお給料に大きな変化はない。

といった内容だった。

今の私たちの状況に全て当てはまるわけではないが、共通点がいくつかあった。

と同時に以前、元彼である昭久さんが言っていたことを思い出した。

『最近急に僕に対する態度が冷たくなったんだ。もしかしたらお腹の子だって俺の子じゃないのかなって……』

あの時は気にもしなかったし、理由をつけてよりを戻したいなんて都合がよすぎると思った。

そんな時、再び昭久さんから連絡が入った。

『彼女、やっぱり浮気してる。いつもこそこそ部屋にこもって男と連絡しているみたいなんだ。もう最悪だ』

もちろん、私が結婚したことを知っているので、前のようなよりを戻したい発言はなかった。

だが、毎日落ち着かない日々を送っているようだ。

だけど、それは私に言って解決する話には思えない。

ただ、昭久さんは奥さんである高里さんが翼くんと連絡を取っているのではと思っているみたいなのだ。

そんなはずはないと思ったが、最近の翼くんの行動と、先日あんな動画を観た後だったので、疑いたくなくてもほんの少し疑ってしまう。

一度疑いを持つと、もしかしてが増えてしまう。

今まで子供のことなんか一度も触れなかったのに、子供の話に触れたのは、まさか誰かと浮気をして子供ができたとか？

ふと思い浮かんだのは高里さん。

でも彼女のお腹の中には昭久さんとの子がいるはず。

だけど本当にお腹の子の父親は昭久さんなの？

こんなこと思いたくないけど、お腹の子の父親は翼くんという可能性はゼロではない。

気になって、スマートフォンを肌身離さない理由を聞こうと試みた。

だけど、いざ聞こうとすると怖くて聞けなくなる。

自分のヘタレ具合に情けなくなる。

しかも翼くんは次の公演のため毎日忙しく、二人で過ごす時間もあまりない。

そのため会話も少なくなっていた。

でも実際に私の思っていることが事実だとしたら？

元々私たちは終わりのある夫婦だ。

それに、私の気持ちを伝えたこともなければ、翼くんから好きだと言われたこともない。

もし翼くんに本命がいたとしても、私に責める権利はあるのだろうか。

そんな思いを抱きながら数日が過ぎたある日のことだった。

相変わらず次の公演準備に忙しい翼くん。

私はというと、今日はお給料日。

いつもこの日はプチ贅沢としてデパ地下で美味しいものを買っている。

ケーキだったり、和菓子だったり、高級食材を使ったサラダや普段買えないような美味しそうなお惣菜《そうざい》。

その時の気分によって買うものは違う。

気に入ったものがあれば、次のプチ贅沢日も同じものにしたりすることも。

それは結婚前も結婚後も続いていた。

ただ一つ変わったことは、それまで自分のためだけに買っていたプチ贅沢品を、今は翼くんの分も用意しているってこと。

もちろん私のプチ贅沢品なんて、翼くんからしてみればそんな贅沢といえるものじゃないと思う。

実際翼くんの家はお金持ちで、小さい頃遊びに行くと、見たこともない美味しいお料理や、おやつをご馳走になったことは数知れず。

だけど翼くんは私のプチ贅沢品をすごく喜んでくれた。

それどころか、翼くんもプチ贅沢と言って、ときどきデパ地下で美味しいものを買ってきてくれるようになった。

でもそんなに頻繁に買ってきたらプチ贅沢じゃなくなる。

贅沢な文句を言う私に、翼くんは笑っていた。

でもそれは疑惑行動前の話だ。

私はこのモヤモヤとした気持ちを吹き飛ばしたかった。

だから今日はプチ贅沢モアとして、美味しいワインとそれに合うお惣菜を買うぞと意気込んでいた。


仕事が順調に終わった私は足早に会社を後にし、目的地であるデパ地下へと向かった。

ワインは店員さんおすすめの白にした。

お惣菜もそれに合うようなサラダと、前回購入して美味しかったお肉屋さんのローストビーフをリピ買い。

そしてお気に入りのパン屋さんでバゲットを買った。

これで終わりにしようと思ったが、通りかかったお店でプリプリの海老《えび》の入ったアヒージョを見てしまい、買わずにはいられなくなって購入。

これだけあったらプチ贅沢ではなく本当の贅沢だ。

翼くんは今日も帰りが遅いと聞いていた。

だけど明日は仕事が休みなので、遅くなっても翼くんの帰りを待つつもり。

モヤモヤするけれどやっぱり、翼くんとの時間は大切にしたい。

残された時間は決して長くないのだから。

そんなことを思いながら、デパートを出て駅へ向かっている時。

ふと目に留まったのは、最近オープンした話題のカフェだった。

といっても若い女性が好む映える的な感じではなく、ちょっと贅沢したい大人の雰囲気のカフェだ。

コーヒー一つにしても豆の種類がたくさんあって、コーヒー通向けという感じ。

私には、ちょっと入るのに勇気のいる店だ。

コーヒーの似合う女性になったら入ってみたい。

そんな気持ちで店を通り過ぎようとした時だった。

——あれ？　今日はリハーサルだから遅いって言ってなかった？

カフェにいたのは翼くんだった。

しかも彼の前に座っている人は、元カノであり、現在は私の元彼の昭久さんの奥さんである寺田礼子さん、旧姓高里礼子さんだった。

どうして彼女と？

と思うと同時にやっぱりと思った。

礼子さんが翼くんと浮気をしているかもしれないと言った昭久さん。

見ちゃいけないものを見てしまったという思い。

その場から逃げ出したいのに、足が地面にくっついたように動かなくなる。

幸い、翼くんたちが私に気づいている様子は全くない。

それどころか、翼くんの様子はいつになく真剣そうだ。

もちろんここからでは二人の会話は聞こえない。

ただわかるのは、二人ともひどく深刻な様子だということ。

ガラス一枚隔てた向こうでは、
もうちょっと待ってくれ、あいつとはもうすぐ別れる。そうしたら一緒に暮らそう。

お腹の子だって俺の子として育てればいい。

なんて話をしているんじゃないだろうか。

そう思って胸の奥で鈍い痛みを感じた。

翼くんとの距離が近くなって、本当の夫婦になれたかもと思ったのは私だけだった。

その一方で頭の中では翼くんはそんなことしないという自分もいる。

私と一緒にいる翼くんは笑顔を見せてくれて、二人の生活を楽しんでいたと思う。

だけど、彼の本心を知る術は何もない。

どれも私の主観だ。

その時だった。礼子さんが突然両手で顔を覆《おお》い、肩を震わせ始めたのだ。

心配そうな翼くんが、咄嗟にハンカチを差し出した。

受け取った礼子さんは彼のハンカチで涙を拭った。

その一部始終を私は遠巻きに見ていた。

心の中にぽっかりと穴が空くってこんな感じなのかな。

すごくショックなのに、どこか映画のワンシーンを見ているような気持ちだった。

さっきまでの浮き立っていた気持ちはすっかり消えて、持っていたワインがひどく重く感じた。

マンションに着くと、買ってきた食材は全て冷蔵庫にしまった。

翼くんの喜ぶ顔を思い浮かべながら買ったはずのプチ贅沢品。

今は全く食べたいと思えなくなってしまった。

この先どうすべきか。

どうすることがお互いのためによいのか。

婚約破棄されて、一時、私から誰かを思いやるという気持ちはなくなった。

好きな人に裏切られ、好きじゃない人との結婚に、こんなはずじゃなかった、幸せになりたいのにと何度も思った。

その時の私は、自分のことしか考えていなかったと思う。

もしかすると昭久さんと付き合っていた時もそうだったかもしれない。

だけどそんな自分を変えてくれたのは翼くんだ。

強引なところはあるけれど、いつも優しくて、わがままな私に付き合ってくれた。

だから自分の幸せより彼の幸せを優先したい。

彼がもし礼子さんとの将来を望んでいるのなら、それを叶えてあげたい。

そもそもこの結婚生活は一年と決まっていたし、本来ならば翼くんの婚約者は私ではなく礼子さんだった。

幸い好きになって日も浅いし、きっと早く立ち直れるはず。

もしかすると翼くんへの気持ちは愛だとか恋ではなく、単なる情だけだったのかもしれない。

私は自分に何度も言い聞かせると、冷蔵庫にしまったプチご馳走を取り出した。

それぞれ蓋を開け、お気に入りのお皿を二枚取り出し、綺麗に盛り付けた。

アヒージョは小ぶりの耐熱容器に移し替え、バゲットは適当な厚さにカットして藤《とう》のカゴに入れた。

ワインはギリギリまで冷やしておきたいので冷蔵庫で待機。

そして少し前に買っておいたオイル漬けのチーズとオリーブを小さな器に乗せた。

あとは翼くんの帰りを待つのみ。

なんて切り出そうか考えた。

だけどどれだけ考えても彼を目の前にしたら、考えたこととは違うことを言ってしまうんだろう。

だから考えるのはやめた。

ただぼーっと翼くんの帰りを待っていた。

すると、玄関のドアの音が聞こえてきた。

「お帰りなさい」

「ただいま」

「リハーサルはどうだった？」

「うん、順調だよ」

翼くんの言葉が嘘なのか本当なのかもうどうでもいい。

本当にリハーサルが順調で、早く終わったからその後に礼子さんと会ったのかもしれないし……。

もうこれ以上好きになっちゃいけない人を疑ったりすると、心が狭くなりそうだし。

「そっか～よかった。今日は毎月恒例のプチ贅沢日だから待ってたんだ」

すると翼くんの顔が緩んだ。

「今日は舞のお給料日だったね」

「そう。でね、今回はちょっと奮発《ふんぱつ》したの」

「何？」

興味津々の翼くん。

「それは着替えてからのお楽しみ」

「わかった。着替えてくる」

翼くんは足取り軽く、着替えに行った。

彼が戻ってくる前にとアヒージョを温め、盛り付け済みのお皿をダイニングテーブルに置き、冷蔵庫から冷えたワインを取り出した。

「おお！　今日はプチじゃなく本当の贅沢だね」

翼くんの声は弾んでいた。

私が席に着くと、翼くんは手際よくワインの栓を開けてくれた。

そして乾杯をすると、デパ地下惣菜に舌鼓。

「私の手料理じゃなくてごめんね」

「いや、普段仕事で疲れているのに美味しいご飯を作ってくれる舞には感謝しているんだ。このぐらいの贅沢で謝らないでくれよ」

どうしてこういう優しい言葉をサラッと言っちゃうのかな？

結婚当初はお互い無関心で、こんなに胸が苦しくなることはなかったのに。

翼くんは美味しいを連呼してくれて、日頃の感謝まで言ってくれたけど、私は全く美味しいと感じられなかった。

ただ、どのタイミングで切り出そうか、そればかり考えていた。

綺麗に盛り付けられた、大きな丸いお気に入りのお皿が寂しくなった頃。

「翼くん、もう終わりにしない？」

とてもシンプルかつストレートな言葉だった。
あまりにもサラッと笑顔で言う私を、翼くんは目を丸くしたまま見つめていた。

6　俺の初恋

一ヶ月後に控えている公演のリハーサルは、思った以上に順調だった。

今回は、留学前に在籍していた大学の友人が作った新しいオーケストラの客演指揮者として舞台に立つ。

団員の平均年齢もかなり若く、活気を感じる。

また、気心知れたメンバーとの仕事はストレスフリーで楽しい。

リハーサルの合間に、コンサートマスター、通称コンマスの谷崎《たにざき》に、

「お前、表情が柔らかくなったな」

と言われた。

自分ではピンとこなくて思わず、

「そうなのか？」

と尋ねた。

「まず目つきが違うし、刺々しさもなくなったな。やっぱり結婚したからなのか？」

と不思議そうに俺を見た。

実は俺の結婚の内情を唯一知っているのが谷崎だった。

礼子との結婚がなくなった理由も知っているし、俺が好きでもない幼馴染と結婚したことも知っている。

ただ、この結婚に期限があることだけは話していない。

谷崎に話をした時、

「結婚は契約じゃないんだぞ。報道されれば最初のうちは面倒かもしれないが、人の噂《うわさ》も七十五日っていうだろ？　愛のない結婚なんて相手にも失礼だからやめておけ」

と忠告を受けていたが、この時はもう結婚が決まってしまった後だったし、舞とは期限付きの結婚だったから谷崎の忠告をスルーしてしまった。

ところが、谷崎の言う俺の変化というのを聞くに、彼としても結果オーライだったんだなと……。

「っていうか今度、お前をこんないい男にした奥さんを紹介しろよ」

と言われてしまった。

だけど悪い気はしない。むしろ嬉しい。

そんなに変わったかな？　と自宅の洗面所の鏡で自分の顔を見ていると、ひょこっと舞が洗面所に現れた。

彼女の声がした途端、谷崎の言った言葉の意味を知った。

かなりにやけてなかったか？

鏡に映った俺の顔は口元が緩んでいた。

これほどまでにわかりやすすぎる自分の変化に、俺自身が一番驚いていた。

話は遡るが、元婚約者である礼子をひとことで表すならクールビューティーだ。

常に凛《りん》とし、喜怒哀楽を顔に出すタイプの人間ではなかった。

俺は早く指揮者として大きな舞台に立ちたいと無我夢中でフランスで頑張っていた時に礼子と知り合った。

彼女も同じ留学生で、ヴァイオリンを弾く姿はとても堂々として自信に満ち溢れていた。

俺はそんな彼女に惹《ひ》かれた。

今となっては、彼女への想いが本当の愛だったのかどうかも定かではない。

同志のような気持ちの方が強かったのかもしれない。

そう思わせてくれたのが、舞の存在だ。

物心ついた時から舞はいつも俺のそばにいた。

目がくりくりした可愛い女の子で、舞が遊びに来るのが俺の一番の楽しみだった。

遊ぶのも昼寝をするのも一緒だった。

それは俺にとっては当たり前のことで、母が言うには舞と結婚したいなんてませたことを言っていたらしい。

だが、あることをきっかけに俺たちの仲は悪くなってしまった。

きっかけはピアノだった。

舞がピアノを習い始めて、前よりも遊びに来る回数が減った。

俺の家族が舞の家に遊びに行けば、舞はずっとピアノを弾いていた。

大人たちは舞のピアノを褒めていたが、俺はピアノに舞を取られたような気分になった。

昆虫取りをしたり、プールで遊んだり、時にはおままごとをしたり……。

そんな遊びよりピアノの方が楽しいと言われて寂しかった。

じゃあ、俺がピアノを弾いたら舞は前のようにこっちを向いてくれるかもしれない。

そしたら一緒にピアノを弾いて、舞とはずっと一緒にいられる。

そう思った俺は母親にピアノを習いたいと訴えた。

だが、そうはならなかった。

皮肉にも俺は舞よりも上達していった。

そのことを知った舞は俺を避けるようになった。

コンクールで顔を合わせることがあっても、そっけない態度。

話しかけるなというオーラさえ感じ、話す機会もなくなってしまった。

親同士が親友なので、年に数回会うことはあったが、会話はなかった。

中学は舞と同じだったが、関係は平行線……いや、さらに悪化した。

廊下ですれ違っても目も合わせてくれない。

声をかけたとしても、そっけない返事しかしてくれなかった。

なんでここまで避けられなきゃいけないんだと悩んだこともあった。

原因がピアノなのはわかっている。でも俺がピアノをやめたら元に戻れるとも思えなかった。

高校はピアノの先生の勧めや、将来は音楽で食べていけたらいいなという思いもあり、音楽系の高校に進学した。

舞も同じだったが、入学式で彼女に会うまで一緒の高校だとは知らなかった。

でもそんな予感はしていた。

彼女も小さい時の夢を叶えようと頑張っていたからだ。

しかし、相変わらず俺に対しての態度は変わらなかった。

何度か話す機会はあったが、俺をライバル視しているようで、俺を見る目はいつも冷たかった。

そのうち彼女を目で追いかけている自分がばかばかしく思え、俺だって舞なんて別に好きでもないと言い聞かせた。

単なる幼馴染で、それ以上を求める必要性がないと無理に思い込んだ俺は、彼女を目で追うのをやめた。

生徒会の仕事が遅くなったある日。

体育館横の自転車置き場まで行くと、体育館からピアノの音が聞こえた。

誰が弾いているんだろうと、体育館の窓から覗き込むと、誰かがグランドピアノを弾いていた。

よく見ると、ピアノを弾いていたのは舞だった。

ショパンのマズルカ。

コンクール以外で舞のピアノを聴くのは久しぶりだ。

舞はこのリズミカルなマズルカをとても楽しそうに生き生きと弾いていた。

決して俺に見せたことのない笑顔で。

直近のコンクールの練習だろうか、それともただピアノがあるのを見て弾きたくなったという彼女らしい理由かもしれない。その後も何度か体育館でピアノを弾く姿を見た。

俺は舞のピアノが聴きたくて、バレないように駐輪場近くで耳を澄ませて彼女の弾くマズルカを聴いた。

そして大学進学。

別々の大学だったことに少しホッとした部分があった。

好きじゃないことにしたのに、ずっと気になっていた彼女から、解放されたような気がしたからだ。


そこからはひたすら自分の道を切り開くために音楽に没頭した。

高校に入ってから、ピアノではなく指揮者に興味を持つようになり、大学からは指揮者への路線変更を決めていた。

大学在学中にフランスへ留学し、コンクールに出場し実績を積み重ね、フリーの指揮者として食べていけるまでになった。

その頃は自分のことで頭がいっぱいだったから舞の存在を忘れることができた。

たまに実家に帰ったりすると、聞いてもいないのに両親が舞の近況を話してくれる。

その時に彼女がピアノを断念したことを知り、残念に思ったが、会いたいと思うことはなかった。

ちょうどその頃礼子との出会いもあり、俺の中で舞は小さい頃によく遊んだ単なる幼馴染にしかすぎなくなっていった。

あのテーマパークで再会するまでは……。

まさかあんなところで再会するとは思ってもいなかったし、しかもダブルデートすることになるとは思いもしなかった。

だがこのことが、俺たちの運命を大きく変えることとなった。

婚約者の礼子が舞の婚約者と深い関係になり、俺と舞はそれぞれ結婚が白紙になった。

ただその後で、舞との結婚を互いの父親から勧められることになるなんて、全く予想もしていなかった。

そもそも小さい頃から俺を毛嫌いしていた舞が、こんな提案を受け入れるなんて無理だと思った。

俺は子供の頃からの叶わない想いを諦め、完全に舞への幼い恋心を忘れ去ることができたと思った。その上で礼子との結婚を決めたのだ。

今思えば、テーマパークで再会した時からすでに舞への気持ちは目を覚ましていたのかもしれない。礼子は芸術家らしい鋭い直感でそのことに気づいてしまったのだろう。そして俺自身も意識しなかった小さな裏切りに気づいた時から彼女の心は俺を離れて彼に向かったと……。

ファミレスで俯いて手を震わせていた舞。

俺の怒りを煽ったのは、自分が振られたという事実じゃない。彼女をこんなに傷つけたヤツが許せなかったのだ。

後になってそれを思い出し、例えば子供が幼馴染がいじめられているのを見て庇うような感覚かと思ったけれど、それは同情なんかじゃなかった。

懸命《けんめい》にショックに耐えている舞のいじらしい姿に、俺は自分の恋心がまだ消えていないことを思い知らされたのだ。

俺は悩んだ。

初恋の相手である舞を今も変わらず愛している。

そして彼女が婚約破棄されてフリーになった今、すぐにでもこの気持ちを打ち明けてしまいたいところだが、礼子の心変わりをなじった直後に自分が他の女性と結ばれていいのだろうか。

第一、舞は俺のことを嫌っているのだ。

お互い大人だから、昔ほどあからさまな態度は取らないが、彼女は俺と結婚など論外と本気で思っているに違いない。

このチャンスを掴みに行くべきか。いや、舞の気持ちを考えてこの恋は封印すべきか。

悩むあまり身の回りのことがおろそかになって部屋は散らかり放題になったが、それも気にならないほど俺は悩んでいた
そんな時、俺のエージェントからメールが入った。

俺が婚約者に裏切られ結婚が白紙になったというタレコミがあり、雑誌社から問い合わせがあったのだ。

人気アイドルや俳優というわけではないが、俺が婚約した時、ネットニュースになった。

ここで俺の婚約破棄が話題になれば、多かれ少なかれ今後の仕事に影響が出る。

無駄に名前を知られていたことで、挙式直前のドタキャンはマスコミのいい餌になりかねなかった。

エージェントにも本当のことを言えず、どうしようかと考えていた時に、両親たち

の提案のことを思い出した。

最初からこの話はチャンスではないかと思っていたが、舞に嫌われているのはわかっていたから躊躇っていた。

スキャンダルになるのがそんなに怖いわけではないが、これを理由にして彼女との新生活を始めることができるなら……。

自分の体面を守るためと偽って、俺は彼女にかりそめの結婚を提案した。

一年と期限を決めたのは、そうすることで渋る彼女になんとか受け入れてもらえることを狙っての譲歩のつもりだ。

もちろんダメ元だった。

だが、意外にも舞はそれを承諾してくれた。

元々結婚したら家庭に入る予定だったらしいのだが、本人は仕事を辞めたくなかったようだ。

とりあえずでも結婚すれば、彼女は婚約破棄という傷を負うことなく仕事を続けることができる。

利害が一致して一年という契約の結婚をした。

と同時に約束の証として、一年後の日付で離婚届も同時に書いた。

そして愛情ゼロの結婚生活が始まった。

まあ、想定内というか結婚式はやっつけ仕事のような感じだったし、新婚生活の糖分はゼロ。

限りなくドライな関係だった。

朝ごはん以外顔を合わすこともほぼなかった。

だが、時間の経過とともに、お互いに歩み寄るようになった。

ゆっくりだったけど、このテンポが、俺にはとても自然な形だったと思う。

舞のちょっとした言動を気に食わないと思うこともあった。

でも一方で、幼馴染なのに初めて知る彼女の姿もあった。

俺は舞と一緒に過ごす時間が多くなるほど楽しくなった。

それは小さい頃から求めていた彼女が、やっとこっちを向いてくれた嬉しさからくるものだったんだと思う。

そんな生活をしていたら、ふと昔のことを思い出した。

それはとても小さな時、俺がまだピアノを習う前。

あの時の俺たちは本当に仲がよくて何をするのも一緒だった。

舞が帰る時はいつも泣いてたっけ。

今目の前にいる舞は、まさしくあの時の舞と同じだった。

いつしか、欲張りになって、このままずっと一緒にいられたらいいと思うようになった。

その思いが強くなったのは、初デートの時だった。

舞の会社の取引先の方から結婚祝いにといただいたコンサートチケットがきっかけで、初めてデートすることになった。

もちろん、デートと思っていたのは俺だけかもしれないが。

だけど一緒に出かけられる嬉しさと、元々楽しみにしていたコンサートだったというダブルの要素で、朝からそわそわしていた。

普段は開場時間に合わせて到着するのに、この日は待ち合わせ時間より三十分も早く着いてしまった。

今までの俺では考えられない行動だ。

ところが約束の時間になっても舞は現れなかった。

俺は心配になり電話をかけた。

だが、彼女が電話に出ることはなかった。

もしかしたらもうすぐ到着するかもしれないし、あんまり電話やメールをしたらうるさがられるのではと躊躇した。

それに彼女がドタキャンするはずがないと確信していたから。

しかし何度もスマートフォンを確認するが連絡はない。

まさか舞に何かあったのでは？

お互いにチケットを持っていたから先に入ることはできた。

だけど、とてもじゃないがそんな気にはなれず、気持ちは焦るばかりだった。

さっきは躊躇したが、なりふり構わず何度も電話やメールをした。

それでも全く連絡がつかず気が気じゃなかった。

ふと時計を見るとコンサートはいつの間にか始まっていたが、そんなことはどうでもよくなっていた。

とりあえず近くのカフェで、舞からの連絡を待つことにする。

待っている間、舞のことを考えていた。

それは昔の舞ではなく今の舞のことだった。

ご飯をめちゃくちゃ美味しそうに食べる姿は小さい時から全く変わっていない。

高校の時に聴いたショパンのマズルカが聴きたいと言ったらすごく驚いていたが、俺は知っている。

舞が俺のリクエストに応えようと、密《ひそ》かに練習をしていることを。

舞のお母さんが俺にこっそり教えてくれたんだ。

そのことを聞いたら胸がキューンとして舞を愛おしく感じた。

今日のコンサートだって、恥ずかしかったのか、なかなかそのことを言えずにもじもじしていた。

だけど俺が行くって言ったら、舞は本当に嬉しそうに微笑んだ。

どんな彼女も愛おしく感じてしまうのは、彼女が好きだから。

そもそも俺がピアノを始めたきっかけだって舞のことが好きだったからだ。

舞を振り向かせたくてピアノを始めた。

俺の初恋は舞で、そんな舞にまた恋をしている。

自分の初恋が続いていることに驚きつつも、それを理解したら余計に舞のことが心配で仕方がなかった。

でもどうすることもできず、ただ待つことしかできない自分に苛立《いらだ》っていた。

そんなことを繰り返していたその時だった。

彼女からメールが届いた。

彼女が無事だったとわかり、全身の力が抜けそうになる。

震える手でメールを開くとそこには、

【ごめんなさい。破水した妊婦さんを放っておけなくて今桜澤東病院で付き添ってます】

大きな安堵を感じるとともに、彼女らしいとも思った。

と同時に無性に彼女に会いたくなった俺は、カフェを出ると、タクシーを捕まえて彼女のいる病院へと向かった。

いきなり現れては舞も驚くだろうと思い、病院の大きな待合室で待った。

すると血相を変えた男性が走って行くのがわかった。

もしかして破水した妊婦さんの関係者かな？

もしかしたらもうすぐ舞がここに来るかもしれない。

焦る気持ちを抑えつつ、エレベーターの方に目を向けていた。

しばらくすると少し疲れた様子でスマートフォンを見ながら舞がエレベーターから降りてきた。

俺は舞の方へと歩き出した。

「舞」

と声をかけると彼女はパッと顔を上げた。

俺を見て驚く姿はまるで幽霊でも見ているような感じだった。

「大変だったな。大丈夫か？」

労《ねぎら》いの言葉をかけると、舞は驚いていた。

妊婦さんの旦那さんとご両親が来たので、帰ることにしたのだそうだ。

いろんなことがあってきっと不安も多かっただろうに頑張った彼女が愛おしくて、俺の手は勝手に彼女の頭を撫でた。

「どうして？」

驚いた様子の舞。

だが俺には彼女の言葉の意味がわからなかった。

彼女は目を潤ませて俺を見つめた。

「どうして怒らないの？　私、コンサートすっぽかしたんだよ。翼くんに連絡を入れずに、翼くんを待たせて」

今にも泣き出しそうな勢いに、昔ほど嫌われてはいないのだと思い安堵した。

「もちろん心配はした。何かあったんじゃないかって気が気じゃなかった」

正直こんなに不安になったことは人生で初めてだった。

「だったら――」

怒ってほしいと言わんばかりの気迫に、俺は拍子抜けしてしまった。

「でも人助けをした舞を俺が怒れると思う？　それに舞は、困っている人を黙って見過ごすようなことはしないって知ってるから」

お世辞《せじ》でもなんでもなく、本当のことを言っただけなのに、舞の頬が微かに赤くなった。

だが、すぐに我に返り、俺がコンサートに行ったのかを尋ねてきた。

行っていないと言うと、彼女は顔を歪《ゆが》ませた。

「どうして？　だって今日のコンサートは翼くんの憧れの指揮者だったじゃない。私のせいよね、私が約束を破ったから……」

舞の目から涙が頬を伝った。

こんな時にドキッとするのは不謹慎かもしれない。

だけど俺のことを思って俺のために見せた涙だと思うと、嬉しかった。

そして抑えていた彼女への想いがグッと込み上げてきて、舞を抱きしめていた。

「舞のせいじゃない。これは俺の意思で決めたことだ。コンサートより舞の方が大事だったしね」

振り解かれたらそれまでだと思った。

だけど舞は抵抗しなかった。

俺はそれをいいことに欲張りになり、もっと舞を自分のものにしたいと思った。

できることなら一年という約束も破棄して、本当の意味での夫婦になれたらと……。

だけどそれを口に出すことはできなかった。

怖かったからだ。

俺が今言える舞への最大の言葉は、

「俺のそばにいて」

だった。

拒まれたらそれまでだった。

だけど舞は俺から離れなかった。

驚いたのはそれだけではない。

「きっと嫌われると思った」

そう彼女は言ったのだ。

それって俺に嫌われたくないってことだろ？

胸がカッと熱くなって、痛いのに、これほどまでに幸せな気持ちになったことはなかった。

——好きだ！
彼女への想いが今にも爆発しそうになる。
だけど、その一方で、待てと止めるもう一人の俺がいた。
舞が俺のことをどう思っているのは、確かめてはいない。
それに俺たちは普通に恋愛して結婚したわけではない。
ゼロ……いや、マイナスからのスタートだ。
もしここで想いを伝えて拒まれたら？
そう思ったら彼女に好きだと言えなくなった。
だから敢えて好きという言葉を声に出さず、代わりに、
「嫌いなわけないだろう……嫌いなわけないんだ」
と答えていた。
それなのに彼女が欲しくてたまらなかった。
キスがスイッチになって、彼女への想いがマックスになった。
そばにいてほしいという言葉の意味を、舞が理解していたのかはわからない。
でも、舞は俺を受け入れてくれた。
もしかしたら単に、勢いに任せてそうなったのかもしれないと思ったりもした。

でも彼女の夫は俺で、どんな舞も全部俺のもの。

舞の気持ちが少しでも俺に向いてくれていたのなら、まだ可能性はある。

約束の期限までに俺たちを縛っている全てを取っ払ってやる。

そして偽りではない本当の夫婦になりたいと強く願った。

この日を境に、俺たちの距離はさらに近くなった。

毎日が楽しくて、一年という期限すら忘れそうになった。

舞は例の妊婦さんだった朋美さんと仲良くなり、メールのやりとりをする仲になった。

落ち着いた頃、生まれた赤ちゃんを見に彼女のお宅に行ったのだが、舞の赤ちゃんを抱く姿に自分たちを重ねてしまった。

俺と舞に子供ができたら幸せなんだろうな……と。

そういうのを見てしまうと欲張りになってしまう。

そんなことを考えていた時だった。

舞と一緒に朋美さんのお宅にお邪魔した帰り、突然スマートフォンから通知音が鳴った。

確認すると登録されていない番号だった。

でもこの番号には見覚えがある。

元婚約者の礼子からの電話だった。

結婚がダメになった時、二度と連絡は来ないだろうと思って、アドレス帳から削除したのだ。

舞との関係が良好なこの時期に、誤解を生むような真似はしたくないと思い、電話には出ず、【どうかした？】とショートメールを送って部屋に戻ろうとするが、すぐに返事が来た。

【会って話がしたい】

とのこと。

正直、いまさら会ってどんな話がしたいというんだと、送られたメールに返事もせずにいた。

ところがこの日から礼子からのメールが頻繁にくるようになった。

その内容は、

【どうしても話を聞いてほしいことがあります。誰にも相談できなくて】

というもので、相談内容には一切触れようとしない。

俺としては、電話かメールでいいのでは？　と思うのだが、会ってくれの一点張り。

メールを無視すると返事を催促するようなメールが来る。

こんな彼女とのメールのやりとりを舞に知られたくなかったし、誤解されたくなくてスマートフォンを手放せなくなってしまった。

【お願い。一度でいいから会ってください。あなたにも関係のあることだから】

なんで俺に関係があるのか。

ファミリーレストランに呼び出されて以来、俺たちは一度も会っていないのに。

ただこのままスルーし続けても状況は変わらないと思い、一時間だけという条件で渋々会うことにした。

約束の日、リハーサルを終えた俺は、待ち合わせ場所であるカフェへ向かった。

あれだけ執拗《しつよう》にメールを送りつけてきた礼子だが、久しぶりに見る礼子は意外にも落ち着いた様子だった。

俺の顔を見るなり、スッと席を立ち会釈した。

大きく変わったこと、といえばかなりふっくらとしたお腹だ。

早速どんな相談かと思い尋ねると、第一声は
「あっくんが浮気してるかもしれないの」

だった。

一瞬誰かと思ったが、旦那の名前だと気づいた。

礼子の話によると旦那が浮気をしていると言うのだ。

彼女はつわりがひどくて、診察日には旦那が会社を休んで付き添ってくれていたそうだが、だんだんそれも申し訳なくなり、なんとか一人で行くようにしていたそうだ。

ところがそんなある日、診察を終え帰ろうとしたら急に具合が悪くなってきた。

なんとかマンションに着いたが、エレベーターに乗っていたら再び吐き気が襲ってきた。

その時ちょうど別の階の住人の男性が助けてくれて、自宅の玄関まで付き添ってくれたのだそうだ。

だが、それのどこが俺に関係があると言うのだ?

「その人の見た目があなたに似ていたの。助けてくれた人なのにあっくんはその人を、あなたと勘違いして……それから急に態度がよそよそしくなったの」

完全な誤解だし、まさか関係ない俺が巻き込まれるとはいい迷惑だ……。

だが、話はそれだけでは終わらなかった。

「でもそれだけじゃないの。あの人、舞さんと会っていたのよ」

彼女は目に涙をいっぱい溜めながら話を続けた。

「実は私、彼に内緒でGPSをつけてるの」

「え？」

俺は、舞が元彼と会っていることよりも礼子が自分の夫にGPSをつけている方に驚いた。

それだけ彼女が寺田を愛しているんだろうけど……。

「はあ、それで？」

「そうしたらあの人が、舞さんの会社の近くにいたのがわかったの。きっと私より彼女とよりを戻したいのよ」

そう言うと両手で顔を覆い、泣き出した。

礼子が人前で泣くとか考えられなくて、俺は驚いた。

周りの目も気になったから慌ててハンカチを差し出した。

「なんでいきなり結論出すんだよ」

「しょうがないじゃない。私より、舞さんと過ごした時間の方が長いのよ」

GPSをつけたり、嫉妬したり……、本当に彼のことが好きなんだな。

「おい、大丈夫だって。ただ偶然舞の会社の近くを通っただけ――」

「証拠があるの！」

「え？」

礼子はスマートフォンを取り出すと俺に一枚の画像を見せた。

それは、旦那のスマートフォンの発信履歴を撮ったもので、そこに舞と電話をした記録がしっかり残っていたのだ。

再び泣き出す礼子。

だが俺はこの証拠だけで彼女が浮気をしていたり、元彼とよりを戻したいと思っているなんて考えられなかった。

それは舞と一緒に暮らしていればわかること。

じゃなきゃあんなに楽しく暮らせない。

「大丈夫だって、心配するな。少なくとも舞は君の旦那さんとよりを戻したりしない」

「なんでそう言い切れるのよ」

「一緒に暮らしていればわかるよ。はっきり言うが、話す相手を間違えていないか？」

「え？」

「好きだから不安になる気持ちはわかるけど、こういうことは俺にじゃなくて、本人に聞くべきだ」

礼子は不満そうにオレンジジュースを飲んだ。

「まず誤解を解くこと。それから心配かけたくないとか、嫌われるのが怖いから何も言わないというのは自己都合だ。思っていることがあれば抱え込まず伝えることが大事なんだ」

偉そうなことを言ってしまったが、口にした言葉は自分自身に突き刺さった。

嫌われるのが怖くて、自分もあやふやなままでいる。

好きというたった二文字も言えない。

「あなた変わったわね」

「変わったんじゃなく、俺が本来の自分を隠していただけだ。礼子もそうだろ?」

「……そうね」

「とにかくもっと旦那のこと信じてやれ」

「わかった。ねえ」

「ん?」

「私、気づいていたのよ」

「何が?」

「あなたがテーマパークで数年ぶりに舞さんと再会した時に、この女性のこと好きなんだって」

「それは――」

「表面上は面倒くさそうにしてたかもしれないけど、あなたの彼女だった私が言うんだから間違いない。今は一緒に暮らしているのね。おめでとう」

礼子がそんなことを思っていたなんて知らなかった。

「でもそのおかげで？　私は心から好きな人と出会えたんだけどね」

彼女の顔に笑顔が戻った。

「そうだな、これから生まれてくる子供のためにも、ちゃんと幸せになってくれ」

そう言って約束通り、話を一時間以内で終わらせ帰宅した。

礼子にはあんな偉そうなことを言ったけど、俺も怖くて逃げてばかりいないで、彼女に自分の気持ちを伝えるべきなんだろう。

そんなことを考えながら帰宅すると、家で待っていたのは、プチ贅沢と愛する彼女の笑顔だった。

こんな生活が永遠に続けばいい。

いや、俺が本当の気持ちを伝えたらこの願いは叶うかもしれない。

きっと舞は俺のことを嫌っていない。

むしろ、俺との生活を楽しんでいるように見えたからな。

と数分前まで思っていた。

だが、自分の気持ちを伝えるチャンスが消えた。

まさか、終わりにしない？　と彼女が口にするとは。

だが、思い返すと最近の舞の様子は少し違った。

どこか不安で、ときどき心が別の方に向かっているように思えた。

礼子に偉そうなことを言ったのは、少なからず自分たちは大丈夫だという自信があったからだ。

まだ信じられない気持ちが強いが、礼子が言うように、二人は連絡を取り合っていたのかもしれない。

舞がどうして俺との生活を終わりにしたいのか、聞くのが怖くて聞けなかった。

どんな理由であっても、彼女なりに考えてのことだ。

俺の一方的な気持ちで彼女を縛り付けることはできない。

それに彼女はこんな俺のために今までよくやってくれた。

感謝しかない。

もちろん受け入れたくない思いの方が断然強いが、舞のことを愛しているからこそ、これ以上のわがままは言えない。

「わかった」

「……今までありがとう」

　彼女の声は震えているように聞こえた。

「いや、お礼を言うのは俺の方だ。好きでもない男のために今まで付き合ってくれてありがとう」

「約束を守れなくてごめんなさい」

「それはいい」

　結局自分の気持ちを伝えることもなければ、彼女の終わりにしたい本当の理由も怖くて聞けないまま、俺たちの結婚生活が終わった。

　結局俺はずっと片思いのままだ。

　でも好きでいることは俺の自由だし、舞と離れてもこの想いは消えないだろう。

7　好きだからこその決断

翼くんに別れを告げた。
いつ、どのタイミングでなんて言おうとは全く考えないようにしていた。
だから言葉を発した後にドキドキしていた。
一度言葉に出してしまうと、後戻りはできず、落ち着かなくなる。
と同時に、別れないと言ってくれることを、心のどこかで期待していた。
なんて答えるのだろう。
長い沈黙の後、翼くんが答えた。
「わかった」
その言葉を聞いた瞬間終わったと感じた。
翼くんは私に理由を問うこともしなかった。
あまりにスムーズすぎて、なんか納得できた。
やっぱり翼くんの心の中にはずっと礼子さんがいたんだと……。
だけど私は、翼くんと結婚したことを後悔していない。

確かに最初は嫌だった。

彼との幼少期からの日常にあまりいい思い出はなかったし、あの時もし私が仕事をもっと続けたいと思っていなければ、彼の提案に乗ることはなかっただろう。

だけど結婚すると、いい意味でこんなはずじゃなかったの連続だった。

そして彼の素顔や優しさに触れる中で、本当の気持ちを知った。

それも全部翼くんがいたから思い出せたし、翼くんと結婚しなければ一生嫌いな幼馴染のままでいたかもしれない。

だけどそう思う反面、私と昭久さんが現れなければ、翼くんはこんな回り道をしなくても礼子さんと結婚できたのでは……とも思う。

だったら尚更、翼くんの幸せを一番に考えなきゃ。

頭ではわかっているのに胸が痛すぎて、歯を食いしばってないとすぐに涙が出そうになる。

私は自分自身に泣くなと言い聞かせ、

「今までありがとう」

と頭を下げた。

そうすると、

「好きでもない男のために今まで付き合ってくれてありがとう」

と返ってきた。

好きでもない人とプチ贅沢を楽しむ？

好きじゃなきゃキスだって、それ以上のことだってするわけないじゃない。

一時の気の迷いなんかじゃない。

好きだから、翼くんのそばにいた。

好きだから、これから過ごす未来に淡い期待を抱いていた。

自分から別れを切り出したのに、胸に秘めた想いを口にしそうになってしまう。

「約束を守れなくてごめんなさい」

と言うのが精一杯だった。

その後は楽しかったプチ贅沢も葬式のように暗く、会話も自然と途切れた。

私が片付けを済ませ、リビングに戻ると、そこに翼くんの姿はなかった。

自分から終わりにしておいて何を期待しているの？

自分で覚悟を持って別れを告げたはずなのに、未練たらたらだ。

どうせなら、やっと舞から解放される、ぐらい言ってくれた方がこっちも諦めがつくのに……。

翼くんは優しすぎるよ。

でもそういうところがどうしようもなく好きなんだけど……。

今頃、礼子さんに報告しているのかな？

翼くんが嬉しそうに話している姿を想像してしまい、再び目頭が熱くなった。

――ダメ、このままだと泣いちゃう。

泣き顔を見られたくなくて急いでお風呂に入った。

そして声を殺して泣いた。

お風呂に入ったら、疲れが取れるどころか、ますます疲れてしまった。

こういう時は早く寝た方がいい。

冷蔵庫から冷えたミネラルウォーターを出して飲み、寝室へと向かったのだが、私の足は寝室の前で止まった。

二人の距離が縮まったあの日を境に、私たちは同じベッドで寝ていた。

だけど、別れることが決まったのに彼の隣で眠ることなどできない。

私は翼くんのいる寝室ではなく、久しぶりに結婚当初使っていた寝室で眠った。

翌朝、いつもより早く起きて洗面所の鏡を見た私はぎょっとした。

二重瞼《ふたえまぶた》が一重になるほど、目がぱんぱんに腫れていた。

理由はわかっている。

昨夜は、なかなか寝付けなかったのだ。

彼の温もりを感じられない寂しさと、二人で過ごした思い出が頭から離れず、眠れたかと思うとすぐに目が覚めて、涙とため息を繰り返した。

そうこうしているうちに、カーテンの微かな隙間から陽が入り、朝になったと気づいたのだ。

「すごい顔」

と、鏡に映る自分に向かって言葉を発していた。

だけどそんなことを言っている暇はない。

休日ならまだしも、今日は平日でこれから仕事に行かなくてはいけない。

だけど、誰が見てもわかるような腫れぼったさ。

この状況に、入社以来初めて会社に行きたくないと思った。

とはいっても休むわけにはいかない。

今できることをするのが第一。

絞ったタオルをレンジでチンしてそれを瞼に当て、次に冷蔵庫から保冷剤を取り出し、タオルに包んで瞼に当てることを時間の許す限り繰り返した。

すると、起きた時よりずいぶんと腫れが引いたのを感じたので一安心。

時計を見るとまだ出勤までに余裕があったので、朝食の準備に取り掛かる。

結婚当初から、恋愛感情ゼロでも朝食だけは作っていた。

その朝食があったおかげで、翼くんと会話をする機会ができた。

最近は二人で一緒に食べるのが当たり前で、二人でキッチンに立つこともよくあった。

だけど今は、向かい合ってご飯を食べられるほどメンタルは強くない。

正直顔を合わす勇気もないので、テキパキと二人分の朝食を作り終えると、一人でさっさと食べて、翼くんの分はラップをかけておいた。

そして支度を整えると、いつもより少し早く家を出た。

一番乗りで会社に着くと、社長室の窓を開け、空気の入れ替えをしながら大きく深呼吸。

そしていつもより念入りに掃除。

何かに集中していると余計なことを考えなくても済む。

掃き掃除と拭き掃除を終えると、メールのチェックと社長のスケジュールの確認をするのだが、海外からのメールも多く、朝の仕事は意外と忙しい。

でも、今はそれがありがたく感じられた。

社長が出勤してきたのは一通り作業が終わった頃だった。

「おはようございます」

「おはよう」

なぜか社長の両手にはたくさんの紙袋。

「どうなさったんですか、これは」

社長はデスクの上に紙袋を置くと、疲れたように椅子に座った。

そして袋の中のものをいくつか取り出して、机の空いてるところに置いた。

それは手のひらサイズの箱だった。

「本城路さん、これいる？」

「え？」

紙袋をチラリと覗くと、ファブリックや雑貨がたくさん入っていた。しかもどれも未開封のようだ。

「いや～、妻が海外のネットショッピングを利用したんだが、どういうわけか同じものが二つずつ入っていたんだ」

「え？　そんなことってあるんですか？」

「普通はないだろうね。購入履歴を見ても数量は一になっているし、それで問い合わせしたら完全な向こうのミスでね。送り返そうと思ったんだが、向こうの手違いだからそのまま受け取ってほしいと言われたんだよ」

ラッキーと言ったら失礼かもしれないが、そんなことってあるんだと感心した。

「今回のことは他人事だとは思っていないよ。同じ業種としてこういうことはあってはならないことだ。だから私たちも取引先に発送する際は確認を怠らないようにしないといけないね」

「はい」

「そういうことで、同じものが二つあってもと思ったから、持ってきたんだよ。休憩時間にでも選んでくれ。余ったものは他の従業員に配るから」

「ありがとうございます」

お昼休憩に入ると早速紙袋の中から一つ選んだ。

メタル素材の、アンティーク調のシンプルなフォトフレームだ。

別れ話をした直後なのに、ここに翼くんと撮った写真を飾りたいと思ってしまった。

といっても、一緒に撮った写真といえば結婚式の写真のみ。

しかも仏頂面した私と、何を考えているのかよくわからない翼くん。

もちろんそれを飾るつもりはないし、他に飾る予定の写真もない。

それでも二人並んだ笑顔の写真を飾れたらいいなという願望だけで選んだ。

翼くんと一緒の写真なんて、想像はしてみたけど、もしかすると実際には一生飾れないかもしれない。

だけどそれでもいい。

夢を持つことは自由だから。

結局のところ、このフォトフレームは私のデスクの引き出しにしまい、自宅へ持って帰ることはなかった。

まだまだ未練たらたらで、むしろ好きなままだけど、形の上ではもう終わった恋。

自宅に帰るとそれを演じなければいけないのかと思うと胸が痛くなる。

それでも残り少ない彼との時間を大切にしたいという思いもあり、いつも通り仕事帰りに夕飯の買い出しをして帰宅した。

今日の夕飯を、カレーにしようかシチューにしようかすごく迷ったけどシチューにした。

実はこれ、翼くんの好物なのだ。

少し前にカレーにしようと材料を購入して帰ったことがあったのだが、肝心のカレールーを買い忘れてしまい、買い置きしていたシチューに変更したことがあった。

だけど翼くんは、シチューを美味しい美味しいとおかわりするほど食べてくれた。

「舞の作るシチューは最高だ」

ってベタ褒めしてくれたけど、市販のシチューの素を入れただけで特別なことは何もしていない。

だけど、翼くんは私が小麦粉やワインなどを使って本格的なシチューを作っていると勘違いしていたようで、いまさら素を使ってますとは言えない空気だったため未《いま》だ本当のことは言えないままなのだ。

そんな些細なことなのに、胸が痛くなる。

心苦しさを感じながらも、彼の好きなものを作って帰りを待った。

「ただいま」

「お帰りなさい」

いつもの風景、いつもの言葉が当たり前になっていてつい忘れてしまう。

もうすぐ別れるということを……。

それは翼くんも同感だったみたいで、急にお互いバツの悪そうな空気を出していた。

「ご飯作ったんだけど……食べる？」

「……ああ、いただくよ」

たった一日で、こんなに空気が重くなる。

そうさせているのは自分だとわかっていても、態度に出てしまうのは私の悪いところだ。

翼くんは無言だったけど、美味しそうにシチューを食べてくれた。

この姿をもう見られなくなるのは寂しい。

こんなに辛い思いをするのなら、見て見ぬふりをして期限ギリギリまで一緒にいればよかったという思いもある。

自分の決断が正しかったのか、そうじゃなかったのかはまだわからないけれど、時間が経てばその答えが出てくるのだろうと思う。

静かな晩ごはんが終わり、片付けをしていると、翼くんがキッチンに入ってきた。

「どうしたの？」

「ん？　コーヒーいれるけど飲む？」

「あっ……うん」

翼くんが私の隣でコーヒーメーカーにコーヒー豆を入れセットしている。

コーヒーをいれるのは翼くんの係になっている。

特に決めたわけじゃないが、

「コーヒーだけは俺に任せて」

が口癖になっていた。

そのコーヒーもあと何回飲めるのだろう。

翼くんは人気ブランドのペアのコーヒーカップにコーヒーを注ぐと、その一つを私に手渡した。

私たちの事情を知らない翼くんの友人が、結婚祝いにプレゼントしてくれたもので、普段はそれで飲んでいる。

今まではソファに座ってコーヒータイムを楽しんでいた。

二人の距離も結婚当初から比べると、とても近くなっていたが、今はよそよそしさのある微妙な距離感。

今まで通り、他愛もない会話がしたいのに、それもできない。

会話もなく、ただコーヒーを飲む時間は結婚当初を思い出させた。

ただあの時と違うのは、数日前のように彼の笑顔を見たいと思うことだ。

そう思うこと自体がわがままなんだろうけど。

そんなことを考えていると、

「舞」

ふと名前を呼ばれてドキッとする。

「何？」

「近々家を空けるから」

「あっ」

そうだった。

今、彼が毎日リハーサルを行っているのは、友人の作ったオーケストラのコンサートだ。

翼くんの大学時代の友人がコンマスで、団員の平均年齢が三十代前半ということもあり、結成当初から話題になっていた。

そのオーケストラの客演指揮者として、翼くんは全国を回るツアーを予定されている。

北海道《ほっかいどう》を皮切りに、仙台《せんだい》、福岡《ふくおか》、大阪、名古屋《なごや》、そして東京の順で巡っていくのだそうだ。

今日から三日後には最初の公演先の札幌《さっぽろ》へ向かう。

翼くんはそれ以上何も言わずコーヒーを飲んでいた。

もし、この家を出て行くのなら、翼くんが家を空ける時がベストなのかもしれない。

理想としては、翼くんが東京に戻ってくるまでに新しく部屋を借りて引っ越しをする。

「わかった」

と答えると、翼くんは立ち上がりチェストの引き出しから離婚届を取り出した。

これは私たちが婚姻届を書いた時に同時にサインした離婚届だ。

このことを知っている人は誰もいない。

日付は婚姻届を記入した一年後になっている。

現在結婚して九ヶ月で、記載された日付まであと三ヶ月残っている。

本当に早く離婚したいのならもう二重線を引いて訂正すればいいのだけれど、翼くんは入籍一年後に離婚することにこだわっているようだった。

私としては今すぐにでもと思う。

それは、いつまでもあやふやな関係でいたら、翼くんへの想いが断ち切れなくなるから。

でも自分から言えない臆病者。

「これは俺の方で出すよ」

「いいの？」

「ああ」

翼くんの意志は固く、それ以上何も言えなかった。

「ごちそうさまでした」

私は残りのコーヒーを飲み干すと立ち上がった。

だってこれ以上一緒にいるのが辛いし、私たちは後戻りができないところまで来てしまったのだから。

すると、

「待って」

「え？」

翼くんが私の腕を掴んだ。

びっくりする私と目が合うと、パッとその手が離れた。

だけど私は掴まれた腕に彼の感触が残っていてドキドキしていた。

「なんかこんな終わり方になるとは思っていなくて……」

いまさら何を言うの？

そんな言い方されたら期待してしまう。

「そ、そうだよね。わがまま言ってごめんなさい」

他になんて言えばいいの？

翼くんのためを思って断腸の思いで別れを切り出したのに……。

すると翼くんはバッグから何かを取り出し、私に差し出した。

「もしよければ見に来てほしい」

それはコンサートチケットとバックステージパスだった。

「もちろん嫌ならいいんだ。俺のわがままに付き合ってくれた君に、もっとちゃんとしたお礼をしなきゃいけないんだが、自分にできることといえばこのぐらいだから」

なんでこんなに優しくするの？

ダメだ、目頭が熱くなる。このままだと涙が出てしまう。

「それは私も同じだよ。私こそ何もできなくて」

「そんなことはない」

「ううん。そんなことある」

私たちはある、ないを言い合い、堂々巡りをしているみたいだった。

そしてパッと目が合うと自然と笑顔になって、私たちはクスッと笑い合った。

でも本当に笑っていたかわからない。

泣きたい気持ちの方が大きかったから。

「ありがとう」

今ここで必ず行くと即答はできなかったが、私はお礼を言うとチケットとバックステージパスを持って自室に入った。

そしてその三日後、仕事を終え帰宅するとテーブルの上に置き手紙があった。

《ありがとう》

たった五文字だった。

翼くんが好きだと言った、ショパンのマズルカをいつか聴いてもらいたいとこっそり練習していたけど、それを披露することはなかった。

一人になった私は初めて声を出して思いっきり泣いた。

それから仕事の休みの日を使って部屋の掃除と簡単な荷造りをした。

まだ荷物は多少残っているが、新しい部屋を見つけていないので、見つかり次第運び出す予定だ。

そしてとりあえず向かった先は実家。

「どうしたの？」

いきなりキャリーケースで帰ってきた私を見て母はかなり驚いていた。

もちろん、別れたとは言えないので、

「翼くんがコンサートツアーで家を空けるから帰ってきたの」

と誤魔化した。

でも嘘ではない。

実際コンサートツアーで全国を回るわけだし……。

「そうだとしても連絡ぐらいしてから帰ってきなさいよ」

「は～い。疲れたからちょっと休むわ」

本当はそんなに疲れているわけではないが、親って小さなことでも気づいたりするからちょっと怖かったのだ。

「ご飯は？」

「済ませてきたからいいよ」

「……そう」

母はそれ以上何も聞かなかった。

私はキャリーケースを持って二階の自室に入った。

久しぶりの実家。

そして自分の部屋。

一年も経っていないのにずいぶん懐かしく感じる。

突然の結婚だったから、この部屋には私のものがまだたくさんあった。

私はベッドに横になると天井を見つめた。

「これからどうしようかな～」

新しい部屋も見つけなきゃいけないし、両親にいつまで誤魔化せるかもわからない。

だけど心にぽっかりと穴が空いて、何も考えられない。

スマートフォンを取り出すが、もちろん翼くんからのメールは届いていない。

いつまでこんな未練がましい自分と向き合わなきゃいけないんだろう。

もう翼くんとは終わったのだから、これからは前を向いて歩いていかなければいけないのに……。

今でも翼くんからのメールを期待している自分が嫌になる。

気持ちを切り替えなくちゃと起き上がると、お風呂に入り、早々に寝た。

「まーいー、舞、起きなさーい。朝ごはんよ」

ドア越しに聞こえてくる母の声にムクっと起き上がった。

時計を見ると七時半。

——まずい！　遅刻だ。朝ごはんの支度しなくちゃ！

そう思い飛び起きて、いつもと違う風景に、一瞬あれ？　と思ったが、すぐに状況を把握。

そうだ、私実家にいるんだ。そして今日は日曜日で仕事も休み。

一気に目が覚めた私は、着替えを済ませ一階に下りた。

リビングに入ると、父がいた。

新聞を読んでいたが、私の気配に気づき目が合う。

「お、お父さんおはよう」

堂々としていなければいけないのに、後ろめたさが先に立って視線を合わせられなかった。

「翼くんは仕事で家にいないのか」

やはりおはようより、私がここにいることの方が気になるようだ。

わかっていたけど、なんだかバレそうで怖い。

「そうなの。コンサートで全国を回るの。あんな大きなマンションに一人でいるのは寂しいから帰ってきたの。ダメ？　ダメなら……」

「ダメとは言ってない。まあお前たちが仲よけりゃあいいんだよ」

「大丈夫よ。問題ない。ただ、しばらくここにいてもいい？」

「……好きにしろ」

そう言って父は視線を新聞に戻した。

ここにいてもいいと言われホッとしたものの、あまり長居はできないかも。

私はいつもより少し遅い朝食を済ませると部屋に戻り、キャリーケースの中身を片付けた。

その中に翼くんからもらったコンサートチケットとバックステージパスが入っていた。

すごく行きたい気持ちはあるけれど、まだ迷いがあって行くべきか決めかねていた。

とりあえずコンサートまで日にちはあるから、それまでに結論を出せばいい。

翌日からは実家からの通勤となった。

マンションより実家からの方が会社に近いのと、朝ごはんの支度は母がやってくれるので、朝寝坊できて助かる。

最初はそう思っていたが結婚してから早く起きる癖がついたのか、結局いつも通りの時間に起きてしまった。

「おはよう」

母とほぼ同じ時間に起きたので、母はびっくりしていた。

「あら、早いじゃない」

「うん、いつもこの時間に起きてたから」

「ちゃんと主婦やってるじゃない」

と母に褒められたが、その主婦としての生活が終わっていることに胸が痛くなる。

「朝ごはん手伝うよ」

「そう？　じゃあ、お味噌汁お願いしようかな？」

母の声は弾んでいるようだった。

母と二人でキッチンに立ち、朝ごはんの支度に取り掛かった。

だけど私たちが別れたなんて知ったらきっと悲しむんだろうな……。

でも今は悲しみに浸っている余裕はない。

そもそも最初の結婚が白紙になっただけでも親不孝なのに、翼くんとの結婚もダメになったと知ったら……。

これ以上の迷惑はかけられないから、自立しないといけない。

ただ、正直今すぐ行動に移すだけのパワーがあるかというと……。

それにまだどこかで、淡い期待を持っている。

こんなことじゃいけないのに……。

前に進まなきゃ。


実家に戻り一週間が経った。

「翼くんから連絡は来ているの？」

と私たちの夫婦仲を心配する母。

「なんで？」

「なんでって、帰ってきてから翼くんの話題が全然出てこないじゃない」

ヤバい。

「あるけど、そんなことといちいち話すことでもないし……それにツアーで忙しそうだから、必要な時以外連絡しなくていいって言ってあるの」

「あら、そうなの」

まるで全てを見透かされているみたいで母が怖い。

父も気にしているようだけど、敢えて何も聞いてこないのも怖い。

私の嘘がいつまでもつのかわからない。

本気でアパートかマンションを探さないと……。

それからというもの、お昼休憩になると賃貸情報のサイトと睨めっこの毎日。

もちろん翼くんからメールや電話は一切ない。

気持ちを断つためにも、一緒に住んでいたマンションから離れた場所に住んだほうがいいのかな？　と思いながらもなかなか条件に合う部屋が見つからない。

そんなモヤモヤした気持ちのまま、あっという間に実家滞在が二週間を過ぎてしまった。

流石に二週間も実家にいると……。

「もうそろそろ帰った方がいいんじゃないの？　いくら翼くんがいないからといっても、あなたはもう家庭を持っているのよ」

母の言いたいことはわかる。

夫が留守なのをいいことに実家でのんびりするのはどうなの？　って普通は思って当然。

それは母だけではなく父も同じでとうとう、

「お前は翼くんの妻なんだ。いいかげんマンションに帰りなさい」

と言われてしまった。

想定していたことだけど、残念なことに私の帰る場所はもうない。

とりあえず、両親には二日後には帰るからと言って納得してもらった。

とはいえ二日で新居が見つかるわけもなく……。


結局マンションに帰ってきてしまった。

なんとも情けないやら、恥ずかしいやら。

幸い、翼くんは現在ツアーのため不在で、私たちは法律上まだ夫婦。

新しい部屋が見つかるまでごめんなさいという気持ちで、マンションにいる。

せっかく大掃除をして家を出たはずなのに……。

とはいえ新しい部屋が見つかるまでビジネスホテルに泊まるというのもきつい。

部屋が見つかるまでだからと自分に言い聞かせた。

簡単な食事を済ませ、お風呂の準備をしている間に、洗面所などの引き出しや、棚の整理をすることにした。

日用品のストックを入れてある棚の扉を開け、中身をチェックしていると、手が止まる。

――あれ？　私って……。

棚の中に入っていたのは生理用品。

それを見つけて思い出したのは、毎月来るものが来ていないということだった。

ちょ、ちょっと待って。

焦る気持ちは止まらず、慌ててバッグを探す私。

心臓はバクバクで、なぜかトンチンカンな場所で必死にバッグを探す。

最後に来た生理を思い出すだけで頭がパンクしそう。

「嘘。嘘……」

テンパりすぎて、確かめる前から呪文のように嘘を唱える。

こんなに焦っているのは人生初かもしれない。

ピアノのコンクールの時だってこんなに焦らなかったし、昭久さんとの婚約破棄騒動の時だってこれほど焦ってはいなかった。

それくらい今回の焦りは尋常ではない。

ダイニングテーブルの下に置いてあったバッグを見つけると、その場に座り込みスケジュール帳を取り出した。

ページを捲《めく》る手は落ち着きなく震えている。

先月のページを見て手書きの二重丸を確認。

私の場合、きっかり何日ってことはなく二十五日から二十八日周期。

声に出して二重丸の日にちから今日までの日数を数えた。

三十日を過ぎたあたりからより一層焦りだす。

それでもまだ今日の日付には到達していない。

焦りから不安に変わった時に、私は前回の日付から四十五日も過ぎていたことを知った。

落ち着こうと思っても落ち着けない。

だって私たちは……。

何もなければこんなに焦る必要はない。

何かあったから焦っている。

もちろん、私たちの関係が継続していたら違う未来があったかもしれないけど、私たちの関係はもう終わっている。

しかも、翼くんには好きな人がいるわけで……。

でもこんなところで悩んでいても仕方がない。

私はバッグを掴むと、近くのドラッグストアへ向かった。

そして、焦る気持ちを抑えつつ妊娠検査薬を手に取り、レジへ向かった。

自宅に戻るとそのまま検査薬を使った。

「あっ！」

私は驚愕《きょうがく》の声を上げた。

8　もう迷わない

人生初の妊娠検査薬。

こんな形で使うことになるとは思いもしなかった。

結果は、検査薬にはしっかりと線が浮かんでいた。

正直、嬉しさよりも不安の方が大きい。

私たちの関係はもう終わったというのに、なんてタイミングなの？

とはいえ市販薬の検査結果なので、実際はちゃんと病院で診察しないとわからない。

今すぐにでも診察してもらいたい気持ちと、結果を知るのが怖いのとで、その日はあまり眠れなかった。

翌日、産婦人科病院の予約を取った。

診察当日、午前中にやれることを全てやって午後から半休をもらった私。

診察は十五時からなので、それに合わせ準備を整え、産婦人科を訪れた。

ここは、実家とマンションのちょうど中間ぐらいの位置にある。

受付で診察内容を聞かれ、問診票を記入し尿検査を受け診察を待った。

待合室には、お腹の大きな妊婦さんがたくさんいて、その中にはパートナーと一緒の方も多かった。

掲示板と自分の診察番号を見ながら、あと何番目で呼ばれるかと確認ばかり。

いつもの一分が二分にも三分にも感じられる。

知りたい、でも怖い。

妊娠していたら？

この先どうしたらいい？

翼くんには迷惑かけられない。

両親はどう思う？

仕事は？

子育てと仕事の両立はできる？

考え出したらキリがないほどの問題が山積みだ。

それからどのぐらい経っただろう。

考えるのにも疲れを感じた頃、自分の番号が表示され、中待合室へと移動。それからは意外と早く名前を呼ばれた。

問診票や尿検査の結果を確認後に内診。

「おめでとうございます。現在七週目です」

「あ、はい」

予想はしていたけど、この段階でいろんなことがわかるのに驚く。

「わかりやすく言うと、今は妊娠二ヶ月で、来週から三ヶ月目に入るわよ」

先生から出産予定日を聞き、超音波の検査ではお腹の中の様子を見せてもらった。

「これが今のお腹の状態です。これわかるかな～目と耳、あとここが足で、これが手。八週目に入るともっとわかるようになるわよ」

お腹の様子を見るまではどこか他人事のように感じていたが、映像を見て私のお腹の中にいる命を実感し、さっきまでのいろんな悩みがふっと頭から消えた。

そしてじわじわと感動と嬉しさが込み上げてきた。

もしかするとこの子が私の不安を取り除いてくれた？

「つわりはきた？」

「いえ、今はまだ」

「これからつわりが始まるかと思うけど、その症状は人それぞれで、軽い人もいれば重い人もいるから、もし頼れる人がいたら助けてもらって無理しないように」

——頼れる人か……。

今は誰も思い浮かばない。

次の予約を取って診察室を出た。

——私、ママになるんだ。

大変なことはあるが、どうにかなると前向きな気持ちになった。

でもその時、思わぬ声がかかった。

「あれ？　舞さんじゃない？」

診察室を出て、中待合室から待合室へ向かう通路で女性に声をかけられた。

こんなところで誰が？　と思い顔を上げた私は目を見開いた。

それは、礼子さんだった。

カフェで見かけた時はちょうどお腹が隠れて見えなかったけど、すごく大きくなっていた。

「こ、こんにちは」

なんでここに？

一瞬そう思ったが、彼女は現在妊娠中。産婦人科にいても不思議はない。

でもまさか同じ病院だとは思いもしなかった。

「ねえ、舞さんこれから時間ある？」

「え？」

「私次に呼ばれるんだけど、そんなに待たせないから。このあと少しお茶しない？」

咄嗟に結構ですと言えず流されてしまった私は、

「わかりました」

と返事をしていた。

それにしても私にどんな用があるのだろうか。

私と翼くんが別れることは、すでに礼子さんの耳にも入っているだろう。

一体何を言われるのかな……。

しばらくすると礼子さんは診察を終え、私たちは彼女の会計を待って産婦人科を後にした。

久しぶりに会う礼子さんは、初めて会った時のような冷たさが全く感じられなかった。

「ここのハーブティー美味しいの」

と言って、産婦人科の目と鼻の先にあるカフェに入った。

アフタヌーンティーが人気らしく、お客のほとんどが女性だった。

奥には大きなイングリッシュガーデンがあり、ハーブティーはこのお庭で栽培したフレッシュハーブを使っているのだそうだ。

私は優雅に楽しむ余裕などなかったので、お茶だけ飲んで用が済んだらすぐに帰るつもりでいた。

礼子さんは先に案内されると、よっこいしょと言いながら椅子に座った。

「あの、今何ヶ月なんですか？」

「臨月に入ったのよ。トイレは近いし、食欲もあって大変なの」

「そうなんですか」

いつか私もこういうふうにお腹が大きくなるのかと思うと、不思議な気分だった。

「それで今甘いものを控えているからハーブティーにするけど、舞さんは？」

「じゃあ私も」

メニューにはたくさんの種類のハーブティーが載っているが、あまり飲んだことがなく詳しくないので、礼子さんにおすすめを尋ねてみた。

「ローズヒップティーなんてどう？　ちょっと酸っぱいけど美味しいわよ」

「じゃあ……それで」

礼子さんも同じものを注文した。

ハーブティーって薄いお茶のような色をイメージしていたけど、運ばれてきたのは赤いお茶で、ベリー系という感じだ。

「どう？」

礼子さんは先に飲んだ私の反応が気になるようだ。

「酸っぱいけど意外と飲みやすいです」

「でしょ？　つわりにもいいのよ」

礼子さんが満面の笑みを浮かべた。

「え？」

私はお茶を飲む手を止めた。

「産婦人科にいるってことは舞さん、妊娠したんでしょう？」

礼子さんが笑顔で尋ねた。

どうしよう。

妊娠してないとここで嘘をついても後でバレてしまうかもしれない。

でもここで本当のことを言えば、翼くんとの生活が待っている礼子さんからしたら迷惑な話。

それでも礼子さんは私が妊娠している前提で質問を続ける。

「このこと彼は知ってるの？」

礼子さんの声はとても弾んでいるように聞こえた。

普通だったらここ、不機嫌になるところじゃないの？

正直彼女の考えていることが、この時点では全くわからなかった。

「あの……さっきから妊娠妊娠て……そもそも私は――」

「妊娠しているのよね？」

礼子さんが強い眼差しを向けた。

本当のことを言っていいものなのかと下を向く私に、礼子さんは小さなため息をついた。

「実はね、私、寺田があなたと浮気をしているんじゃないかって疑っていたの」

「え？」

私は驚きのあまりパッと顔を上げた。

だって全く予想もしていなかったから。

口をぽかんと開ける私を見て、礼子さんはクスッと笑った。

「驚かせてしまってごめんなさいね。でもちょっと前まで本気でそう思ってたの」

「私と寺田さんが浮気だなんて」

首を振りながら全力で否定した。

そんな私に礼子さんは話を続ける。

「わかってる。だから今こうして私は笑顔でいられるの」

え？　あれ？　ちょっと待って。

礼子さんの方が私と昭久さんの浮気を疑っていたってことは……。

思考回路が停止してしまう。

だけど礼子さんは話を続ける。

「彼が私に対して急に冷たくなった感じがして……スマホを見たら彼があなたに何度も電話をかけていたみたいで」

確かに何度も電話はあったけど、ずっと無視していた。

あまりにしつこいからと渋々電話に出たことはあった。

それも彼が礼子さんの浮気を心配してのことで、私とよりを戻そうなんて話では全くない。

礼子さんは話を続けた。

「私が、あなたから彼を奪ったから、常に後ろめたさがあったの。本当にこれでよかったのかな？　私が妊娠しなければ寺田はあなたと結婚して幸せになっていたのかもしれないとか……考えだしたらキリがなくて」

礼子さんの話を聞いていて、私は自分が大きな勘違いをしているのではと感じ始めた。

「それで、無理言って本城路さんに相談したの。そうしたら誤解が解けたのよ」

「え？」

私は彼女が翼くんのことを名字で呼んだのに気づいた。でもこれから結ばれる人を名字で呼ぶなんてことがあるだろうか……。

「あら、あの人から何も聞いてないの？」

——ちょっと待って。

私は礼子さんの話で感じ始めていた違和感の正体に気づく。

じゃあ、私が見たのって浮気とかではなくて、礼子さんの相談に乗っていただけ？

何も知らない私は勝手な憶測で、自分から別れを告げたことになる。

「……はい」

「そっか……。何も聞いてないのにこれ以上私が話すのは——」

「いえ。教えてください」

「え？　そ、そう？」

私の勢いに圧倒されながらも、礼子さんは話してくれた。

浮気の疑いを持つようになった礼子さんは、初めての妊娠で不安の多い中、誰に相談したらいいのかわからず、結局翼くんに助けを求めた。

「あの人、私があなたと寺田が浮気をしているかもしれないって言っても、全く信じなかったのよ」

「え?」

「あら、そこ驚くんだ」

私は何も答えられなかった。

私は、勝手に暴走して翼くんの本命は礼子さんだと思い込んでいたのに……。彼は私を信じてくれていたのだ。

「私があなたから寺田を取ってしまったことは申し訳ないと思ってる。でもね、ダブルデートした時に私気づいたの。あなたを見るあの人の目が、私を見る時と全く違っていたってことに……」

それは信じ難い言葉だった。

だってあの時の私たちは険悪ムードだった。

翼くんとこんな形で会うなんて思いもしなかったし、できることなら再会したくなかったとさえ思っていた。

「私もずっとピアノをやっていて、翼くんのことをずっとライバル視していたんです。幼少期から私は彼と張り合ってばかりで、仲がよいとは言えませんでした……だからあの日再会した時に、彼の私を見る目が違ったなんて、そんなことはなかったと思います」

「う～ん。でもそれはあなたの気持ちでしょ？　あの人のあなたを見る目はなんというか、好きとか嫌いとかそういうのじゃないかもしれないけど、あなたをすごく意識していた。私は何度もあの人があなたを見ているのを目にしていたんだから」

「そうなんですか……」

「信じてないって感じよね」

「それは……」

「いいのよ。自分の気持ちに気づいていないことはよくあることよ。まあ、私のように気づいていても気づかないふりをするってこともあるけどね」

「気づいてないふり……ですか」

「元婚約者だったあなたにこんなことを言うのは申し訳ないけど、寺田と話していると素の自分が出せたの。最初は気づかなかった。だけどあの人と一緒にいたらそれがわかっちゃって……でも寺田にはあなたがいたからすごく悩んだ」

なんだか今の自分のようだ。

私は翼くんと一緒にいる中で、本当の自分に出会った気がする。

それは、彼のことを本気で好きになれたからだと思う。

でもそんな自分の気持ちに気づかないふりをしていた。

それは私たちの関係には期限があったし、何より私が彼にちゃんと向き合わず、勝手に誤解をしていたから……。

礼子さんは話を続ける。

「本城路さんと付き合っていた時の私は嫌われたくなくて彼の望む女性を演じていたの。寺田の前では演じる必要がなくて、そんな彼から会いたいって連絡がきて、その時自分の本当の気持ちに気づいてしまって……」

じゃあ、初めて会った時の礼子さんのクールさは、翼くんに合わせていたからってことなのかな。

「その結果、あなたに迷惑をかけてしまった。ただ、私が本城路さんに改めて謝罪した時に感じたのは、彼に必要な人は私ではなかったってこと」

今の私はとても複雑だ。

もっと早くこのことを知っていたら違ったかもしれない。

でもいまさら何を言われても後の祭りのような気がする。

「ちょっと脱線しちゃったけど、あの人私に言ったのよ。『嫌われるのが怖いから何も言わないというのは自己都合だと思う。思っていることがあれば抱え込まず伝えることが大事なんだ』ってね」

「そうだったんですか」

あのカフェでのやりとりを完全に勘違いしていた私……時間を戻せるのなら戻したい。

そんな頭の中がぐちゃぐちゃな私のことなど全く知らない礼子さんは、話を続ける。

「そうなのよ。それで勇気を振り絞って思っていることをぶつけたら、寺田の方でも、私が浮気をしていると思っていたみたいなのよ。おかしいでしょ？」

いや、私も数十分前まで同じ意見でした。

とは言えず、苦笑いするしかなかった。

「私がどんな思いをして寺田を選んだのかわかっていないのよ。確かに不機嫌になることはあった。でもそれはつわりが辛かったからなのに……ごめんなさいね、寺田がいきなり会社に押しかけたりしちゃって」

「いえ、大丈夫です」

とは言ったものの、それがわかってたら、わざわざ自分から別れを切り出す必要などなかった。

「よかった。でね、話を戻すけど、妊娠すると、体の変化はもちろんのこと、心の変化も出てくると思うの。些細なことで不安になったり、イライラしたり。だから困ったことがあったらちゃんと話をした方がいい」

おそらく礼子さんは今の私たちのことを何も知らないと思う。だけど、私の様子を見て何かを感じたのかもしれない。

「わかりました」

「でも本当にごめんなさい、さっきも急に呼び止めたり、勘違いして迷惑かけたり」

私の持っていた礼子さんのイメージはクールビューティーだった。でも今目の前にいる礼子さんが本当の姿で、そういう礼子さんを引き出したのは昭久さんだと思えた。

そこに恨む気持ちなどなかったし、礼子さんに対して嫌な感情は起きなかった。頼んだローズヒップティーはすっかり冷めてしまったが、今は話せてよかったと思っている。

帰り際、

「そういえば、彼って今ツアー中なんでしょ？」

「はい」

「こんなこと言う資格ないかもしれないけど、応援してるって伝えておいてくれたら嬉しい。私も幸せになるから、あなたも幸せになってね」

そんな話をして礼子さんと別れた。

——勘違い。

自分のしでかしたとんでもない失態に私は心の底から後悔した。

とはいえ、翼くんは一度私の申し出に頷いたのに、やっぱり撤回すると言われてもう一度頷くだろうか。

ていうか、礼子さんにあれだけのことをアドバイスしながらも私が別れたいと言ったらすぐに受け入れるって、私相当嫌われていたのかな。

考えれば考えるほど自己嫌悪。

さてどうする。

別れる理由はなくなったけど、翼くんはもう別れたつもりだろうし。

でも私のお腹の中には赤ちゃんが現在進行形で育っている。

生まれてくる子供のためにも両親がいた方が断然いいはず。

でもそれで翼くんの人生が楽しくなかったら、それはそれでやっぱり辛い。

妊娠がわかり、本当なら天にも昇る気持ちのはずなのに、複雑な思いでマンションに帰ってきた。

スマートフォンを見たが、相変わらず翼くんからのメールはない。

ネットでツアー中のコンサートの記事を見つけた。

若手の多いオーケストラと人気の指揮者ということもあり、話題になっているとのこと。

客層も今までと比べてずいぶん若い人が多いことなどが挙げられていた。

その中には画像も多くあり、指揮をしている翼くんの姿もあった。

その記事を見ながらどうすべきか考えたが、結局答えは見つからないままだった。

自分の今後のことがまだわからずじまいだけど、お腹の中では赤ちゃんが日々成長している。

妊娠が発覚した当初は、普通に生活できていたのだが、四日後に変化が訪れた。

お昼休憩を終え、メールのチェックをしている時それは起こった。

突然込み上げるような吐き気が襲ってきたのだ。

幸いそれ以上にはならなかったが、それからというもの、一日に数回吐き気が襲ってくるようになった。

――これがつわりなのね。

ドラマなどで見るような急に込み上げてトイレに駆け込むということはないが、気持ちが悪いことには変わりなく、食欲もなくなってきた。

帰宅すると、眠くなることも多く、体がだるかったりする。

妊娠のことは礼子さん以外に知られてはいない。

もちろん今は誰にも言うつもりはない。

私の中で一番先に報告したいのは翼くんだけなのだから。

その翼くんは現在全国ツアーの真っ只中。

妊娠が発覚した時は、逆に絶対翼くんにだけは知られたくないと思っていたから好都合だったが、そこから一変。

礼子さんとよりを戻したわけではないことを知って気持ちに変化が起きた。

だけど謎は深まる。

これは私の勝手な考え方だが、少なくとも私たちの関係は日を増すごとによくなっていると思っていた。

別の言い方をすれば、親密さは恋愛結婚した夫婦と変わらないのではないかと思うようになっていた。

それが間違いだったとしたら？　私の早とちりで大きな勘違いをし、自ら別れを切り出してしまったが、もしかすると私の知らないところで、別の女性がいるのでは？

つわりに妄想……最悪すぎる。

別れる間際にもらったコンサートチケットとバックステージパス。

すごく行きたいけど、行けるのだろうか。

体調もさることながら、真に受けて楽屋に会いに行ったら喜んでくれるのかどうか不安しかない。

そういえば、母や父にも東京公演のチケットが送られてきたと、先日メールで知らされた。

会いたいけど会うのが怖い。

両親が招待されたということは義両親も来るかもしれない。

同じ席だったらどうしよう。

途中で気持ち悪くなったらどうしよう。

しかも驚くことがもう一つあった。

なんとうちの社長もチケットを取っていたというのだ。

当日、社長のご厚意で仕事が終わったら車で会場まで送ってくれるということになった。

嬉しいけれど、ちょっと複雑。


コンサートの二日前。

妊娠のことでバタバタしてしまい、新居を探しそびれていた私。

とはいえ、きっと彼が帰ってきた時に私がマンションにいたら気分を害するのではと思い、いったん実家に帰った。

両親には、コンサート前はピリピリしているから一人にさせてあげたいなんて嘘をついてしまったが、いつまでもつか自信がない。

実は彼に妊娠を告げることをまだ躊躇している。

自分から別れてって言ったのに、どんな顔して告白したらいいの？

そんな中迎えたコンサート当日。

相変わらず、仕事中に何度か気持ち悪くなったが、多分社長に気づかれてはいない。

全ての業務を終え定時で上がると、社長の車でコンサート会場へ向かった。

すでにたくさんの人が集まっており、二日間のチケットは完売とのこと。

「すごい人気だね」

「そうみたいですね」

「本城路くん人気の影響かもしれないが、これでたくさんの人がクラシックに触れてくれるのはとてもいいことだ」

「本当ですね」

社長のおっしゃる通りだ。

若い人がクラシック音楽のよさをわかって興味を持ってくれるのは、本当に嬉しい。

「そういえば今日、本城路くんのＳＮＳの書き込みを見たんだが、彼、年内の仕事が終わり次第フランスに帰るって呟いてたけど、何か聞いてる？」

寝耳に水。

というか別れてから約三週間、一度も連絡を取っていなかった。

でも彼は元々海外で活躍する人だったし、帰国したのも礼子さんと結婚をするためだった。

結婚後はしばらく日本で過ごす予定だったということだけは、聞いていた。

結婚した時だって、目の前の生活で頭がいっぱいだったし、契約期間が一年ということもありそれ以降のことは頭になかった。

だけど、考えてみれば彼は元々フランスを拠点に活動をしていた。

帰ることは急に決めたことではないはずだ。

でも私に何も言わず、ＳＮＳで呟いたというのはおそらく一人でフランスに帰るということなのだろう。

「あっ、はい。元々海外での活動の方が多い人ですから」

知らないなんて言ったらいろいろと疑われるので話を合わせた。

「じゃあ、君も彼と一緒に海外で？」

普通に考えれば妻が同行すると思うだろう。

だけど、今のところ私が彼とフランスに行く予定などない。

だって離婚は秒読みなのだから。

「まだ決めてません。日本にいてもこうやって不在の日が多いですから、フランスに行ったって同じじゃないかな？　って思っててまだ結論が出ていません」

と誤魔化した。

そうこうしているうちに、入場が始まった。

「そういえば、ご主人に会いに行かなくてもいいのか？」

と尋ねられた。

「邪魔しちゃいけませんので」

そう答えたものの、もう会いに行けるような関係ではない。

私と社長は入場すると、それぞれの席へと移動するためここで別れた。

私の席は一階のちょうど真ん中の席。

今回の演目はリヒャルト・シュトラウスの「英雄の生涯」とブラームスのピアノ協奏曲だ。

今回このコンサートがとても注目されているのは若いオーケストラと人気の指揮者だからというだけではない。

ブラームスのピアノ協奏曲に関しては、翼くん本人がピアノを弾きながら指揮をする、弾き振りに注目が集まっていた。

東京での公演がツアーの最終なのだが、それ以外の場所で行われたコンサートでは大変好評だったとのこと。

実は、ここに来るまで彼が弾き振りをすることを私は知らなかった。

ピアノも弾いて指揮もするなんて二刀流、私には真似できない。

今なら素直にすごいって応援できるけど、結婚前だったら嫉妬していたと思う。

一緒に暮らしていた時、彼がピアノを弾いている姿は見たことがなかった。

演目のブラームスのピアノ協奏曲だって家で練習していなかった。

もしかするとスタジオを借りてレッスンしていたか、私のいない時間に練習していたのかもしれない。

気が付くとあっという間に席は埋まっていった。

圧倒的に女性が多く、クラシックコンサートにはない熱気を感じる。

そして開演時間の十分ほど前になってアナウンスが入った。

それは演目の変更だった。

こんなことはとても珍しいことで、一瞬会場がざわつく。

「本日予定しておりましたブラームスのピアノ協奏曲ですが、本日ショパンのピアノ協奏曲一番に変更することになりました。なお、ピアノ演奏は指揮者である本城路翼で変更はございません」

さらに会場がざわついた。

ショパンのピアノ協奏曲一番。

この曲は私の大好きな曲だった。

いつかオーケストラをバックにこの曲を演奏したい。

それは、私の小さな頃からの夢でもあった。

実力が伴わず、私の夢は叶わなかったが、翼くんは指揮者になる夢を叶え、しかもこの舞台でピアノを弾きながら指揮棒を振る。

そんな彼に対し、嫉妬心はなかった。

ただただ、嬉しかった。

自惚れかもしれないけど、もしかして私のためにこの曲を？　なんて勝手な妄想までしてしまった。

しばらくして会場の照明が落とされた。

幕が上がり、燕尾服を着た翼くんが登場すると大きな拍手が起きた。

客席に一礼すると向きを変え、指揮棒を持つと最初の演目であるR・シュトラウスの「英雄の生涯」が始まった。

この作品はかなり難しい曲の一つとされている。

なんだかいつも前を見て突き進む翼くんらしい選曲だなと感じた。

またそれを演奏する若き演奏家たちからもエネルギーを感じた。

曲が終わると盛大な拍手が会場を埋め尽くした。

話題になる理由はこの一曲だけでわかった。

一曲目と二曲目の合間に二十分の休憩がある。

周りの人が席を立つ中、私はそのまま座っていた。

バッグの中には、チケットを手渡された時にもらったバックステージパスがあった。

彼がどういう思いでこれを私に渡したのかは今もわからない。

別れてほしいと言った私に、翼くんは何も追及せず応えた。

今思うと、あの時から……いやもっと前からフランスに帰るつもりだったの？

私から別れを切り出したことで、翼くんはホッとしたのかな……。

だからこのチケットは、そんな私へのお礼だったのかな。

でもこれで心置きなくフランスへ行けるというのなら、このバックステージパスの意味は？

そして突然の楽曲変更の意味は？

答えが見つからないままあっという間に時間が来た。

席を外していた人たちもいつの間にか戻り、再び会場の照明が落ちた。

幕が上がるとステージ上には指揮台の代わりにグランドピアノが置かれ、オーケストラが取り囲むように配置されていた。

そして翼くんが登場すると大きな拍手が起こった。
小学生の頃ショパンのピアノ協奏曲一番を聞いて、子供ながらに震えた。
私もあのステージに立ちたいと何度も思っていたっけ。
あの当時は、翼くんと自分の実力の差に彼を憎んだこともあった。
もちろん彼のせいではない。
私が勝手にライバル視して、嫉妬していただけ。
だけど今は違う。
もうそんなネガティブな気持ちは一切ない。
それよりも今は翼くんのピアノを聴きたい。
翼くんが、正面を向き一礼をし、顔を上げたその時だった。
――え？
翼くんの視線を感じたのだ。
とても優しく私を見てくれていたあの目と同じだった。
舞台と客席が離れていても私にはそう映った。
「ねえ、今こっち見なかった？」
「うん、目があったよね」

私の後ろの席の女性たちがひそひそ話をしていたが、私を見ていたと思いたい。

第一楽章は重厚《じゅうこう》なオーケストラの演奏で始まり、ピアノの演奏が始まるのは四分以上後になる。

初めて聴いた時、一体いつピアノが始まるのだろうと思った。

だが、翼くんのピアノが始まると繊細な旋律が観客を魅了しだす。

完全に主役はピアノだ。

オーケストラが、彼のピアノをより引き立たせている。

何より翼くんの演奏は、今まで聴いた中で一番ロマンティックな演奏だった。

彼の演奏に包まれ、彼と過ごした日々を思い出さずにはいられなかった。

大嫌いだった。

何をやらせてもそつなくこなす翼くんが憎かった。

持って生まれた彼の才能に何度嫉妬したことか。

そんな思いを抱えながら始まった結婚生活。

だけど、一緒に過ごすうちに、彼の人間らしさを知ることになる。

彼の優しさ、気遣いのできる人柄。

一緒に過ごした数だけ彼のよさを知り、自分がとてもちっぽけな人間だったと気づかされた。

一緒にいる時の心地よさ。

彼の笑顔をもっと見たい。

そして自分だけを見てほしい。

気づけば私はずっと翼くんのことが好きだったのだと気づかされた。

だけど、過去の自分がそれを邪魔して、翼くんへの想いを口にすることなく終わってしまった。

しかも妊娠していたことにも気づかずに……。

そんな間違いはもうしたくない。

お腹の中にいるこの子のためにも。

こんなにも感動したのは、私が初めてこの曲を生で聴いた時を思い出させてくれたからだ。

子供ながらに感動で胸が高鳴り、この曲を演奏したいと思った。

その時と同じ気持ちを今私は感じていた。

一つ違うことは、この曲を演奏したいという思いではなく、翼くんの演奏をもっと聴きたい、と思ったことだった。

曲が終わると、盛大な拍手が会場中に響き渡った。

翼くんはやり遂げたという笑顔を向けコンマスと握手をし、客席に向かい一礼をしている。

観客はスタンディングオベーションで、彼の演奏を讃《たた》えていた。

こんな時に彼の偉大さを知るなんて。

拍手が続く中私は、誰よりも先に席を後にした。

そしてキョロキョロしながらバックヤードを探した。

奥へ進むと関係者以外立ち入り禁止の紙が貼られていた。

「すみません」

近くにいた男性に声をかける。

「あの、ここは立ち入り禁止ですので」

「関係者です」

バッグの中からパスを取り出し、見せた。

「ああ、どうぞ」

中に入った私は、スタッフを呼び止めて尋ねた。

「本城路翼の妻です。夫の楽屋はどこですか？」

「ああ、この奥の部屋です」

「ありがとうございます」

私はお辞儀《じぎ》をして、楽屋へ向かった。

そして彼の楽屋の前まで着いた時だった。

「舞？」

それは翼くんの声だった。

「翼くん」

私たちはその場で立ち尽くした。

「来てくれたんだ。ありがとう」

「うん、すごく素敵だった。今まで聞いた中で一番心が震えた」

翼くんは一瞬戸惑いの表情を浮かべたが、すぐに表情を緩ませた。

「あ、あのね、私どうしても言わなきゃいけないことがあってここにきたの。翼くん
私――」

自分の気持ちを伝えようとしたが、翼くんに腕を掴まれ、そのまま楽屋の中に。

「ごめん、人が来たから」

それは本当だった。

演奏を終えた人たちが来たのは視界に入った。

だけど、口が勝手に動いていた。

早く伝えたくて。

「私こそごめんなさい」

急に我に返ったら今度は言えなくなってしまった。

「舞、言わなきゃいけないことって何？」

言いたいことは山ほどある。

一番先に何を言えばいい？

妊娠していること？

それとも自分の気持ち？

「あの……」

緊張しすぎてさっきまでの勢いがなくなっていた。

「だったら俺が言ってもいい？」

「え？」

「俺は、舞と別れたいなんてこれっぽっちも思っていない」

「え？」

「舞は俺のことが嫌いで別れたいだろうけど、俺には無理だ」

「翼くん？」

「離れてよくわかったんだ。舞がそばにいなきゃダメなんだって」

「待って」

それって……私もちゃんと言わなきゃ。

「待てない。俺は舞を愛してる」

嫌われていると思った。それなのにそれなのに。

「ずるいよ」

「え？」

「なんで先に言っちゃうの？　私も翼くんがいないとダメ。翼くんのことが好きなの」

今まで黙っていた自分の気持ちを伝えた。

すると、一瞬驚いた顔をした彼が、今まで見たことのないほど優しく微笑んだ。

「ずっとその言葉を聞きたかった」

翼くんの手が私の手を包む。

ゆっくりと近づくと、唇が重なった。

少し前までこんなに幸せな気持ちになるなんて想像もしていなかった。

唇は熱を持ち、徐々に激しくなる。

翼くんは何度も角度を変え、私への思いをキスに込めた。

私も自分の思いをキスで伝えた。

ゆっくりと唇が離れると、少し照れた様子で、

「じゃあ、俺たち相思相愛なんだね」

と言って再び私の唇を塞いだ。

長い長いキスの後、私たちは会えなかった時間を取り戻すように抱きしめ合った。

「今日はショパンのピアノ協奏曲を俺の大好きな人のために……君だけのために弾いたんだ。俺と目があったのわかった？」

「うん」

「すごく泣きそうな顔してたろ？」

「それは……」

確かにそうだけど理由は他にもあった。

「あっ！　私もっと大事な話があるの」

妊娠のことを告げようとした時だった。

突然込み上げてきた吐き気。

咄嗟に手で口を押さえ、前屈みになった私を、翼くんが抱き寄せる。

「おい、舞どうした？　気分でも悪いのか？」

私は手で口を押さえながら首を横に振った。

「いや、でも体調が悪いんだろ？　……病院に行こうか？」

突然の体調の変化に翼くんの方がオロオロしてる。

「いいの。病気じゃないから」

「で、でも」

「本当に病気じゃないの」

「病気じゃないなら……」

「私、妊娠してるの」

「え？」

翼くんが驚いた目で私を見てる。

「本当に、本当に妊娠してるのか？」

その目は今までにないほどキラキラしていた。

「うん。もうすぐ三ヶ月」

「ど、どうしよ。めちゃくちゃ嬉しい。嬉しいけどなんでもっと早く言ってくれなかったんだ」

「ご、ごめんなさい」

「いや、そうじゃないんだ。俺さっきめちゃくちゃ強く抱きしめただろ？　まずかったかな」

こんな困った様子の翼くんを見るのは久しぶりだ。

「大丈夫。まだ赤ちゃんはとっても小さいから」

翼くんは安堵のため息を漏らした。

「じゃあ、抱きしめても大丈夫なんだな？」

「うん」

「吐き気は治った？」

「うん」

「じゃあもう一度キスしてもいいんだな？」

「うん……ってえ？」

驚くまもなく、翼くんが私を優しく抱きしめた。

そして私の顎《あご》をくいっと持ち上げると、再びキスをした。

大事なものにでも触れるように優しく。

でも唇から伝わる彼の温度はとても熱く、私の全てがとろけそうになった。

お互いの気持ちを知り、幸せに満ちたキス。

不安なんて一切なく、愛を全身で感じる……そんなキス。

でも唇が離れると、あることを思い出した。

「ねえ、フランスに帰るって聞いたんだけど、本当なの？」

「ああ、勝手に決めたようで申し訳ない」

ということはやっぱり一人で行くつもりなのかもしれない。

「いいのよ。翼くんには翼くんの仕事があるわけだし」

翼くんがそばにいなくても、助けてくれる人はいる。

「なあ、何か勘違いしていないか？　舞も一緒だよ。もちろん子供も一緒」

「え？」

驚く私をよそに翼くんは話を続ける。

「でも、のばした方がいいかな？　外国での子育ては大変だろうし。いや、育児は夫婦でするものだしな」

翼くんは燕尾服を着たまま、あれこれ近い将来のことを想像していた。

その姿を見て、幸せすぎて胸が熱くなった。

「そうだ。舞、ちゃんと結婚しよう」

「え？　ええ？」

私の驚く姿に翼くんはクスッと笑った。

「そんなに驚くことないだろ。あんな偽りの結婚式じゃなく、本物の結婚式を挙げるってことだよ。二人きりで」

「翼くん……」

まだ夢を見ているような気分だ。

「な？　いいだろ？」

「うん」

すると翼くんは何かを思い出したように私の手を掴んだ。

「ねえ、どうしたの？」

「いいからいいから。ついてきて」

翼くんが私を連れてきたのはなんと誰もいない舞台の上だった。

「舞、座って」

「え？　でも」

翼くんが指さしたのはピアノ。

「マズルカ弾いてよ」

「え？　無理よ私弾けないよ」

だけど翼くんはお見通しだった。

「一生懸命練習していたの、知ってたよ。俺のために練習していたんだろ？　聴かせて」

なんで知ってるのって聞きたかったけど、やめた。

私は椅子に座り、深呼吸をした。

こんな舞台で演奏するのは何年ぶりだろう。

緊張するけど、この舞台にいるのは私と翼くんだけ。

「じゃあ弾きます」

鍵盤《けんばん》に手を置き、大きく深呼吸をした。

マズルカ第30番ト長調作品50――1。

私の横で翼くんは目を閉じながら演奏を聴いた。

曲が終わると、翼くんが私の横に座った。

「目を瞑《つむ》って」

「え？」

「いいからいいから、さあ」

「う、うん」

言われたように目を閉じた。

もしかしてキス？

なんて思っていた時だった。

「目を開けて」

ゆっくり目を開けると、鍵盤の上に小さな箱が置いてあった。

それがなんなのか、私にはすぐにわかった。

「開けてみて」

「う、うん」

緊張しながら開けると、光り輝くダイヤモンドの指輪が入っていた。

「翼くん？」

「ツアー中に、知り合いに頼んで作ってもらったんだけど、今日出来上がったと持ってきてくれたんだ。今日このタイミングで舞に渡せるとは思わなかった」

「え？」

いろいろと聞きたいことはあるんだけど、驚きと、胸がいっぱいになったのとで声が出ない。

「それに俺たち、ちゃんとした指輪とかなかっただろ？」

「そ、そうだけど」

嬉しいのに、言葉が出せない。

だって、翼くんはこの指輪をツアー中に作ったんでしょ？　私が別れたいって言った後なのに諦めないでくれた。

目頭が熱くなってじわじわと涙が溢れて視界がぼやける。

「おいおい、そんなに泣いたら美人が台無しだぞ」

優しく頭を撫でられた。

そして私をそのまま包み込むように抱きしめた。

「もう絶対に離さない」

「うん」

私の涙が止まるまで翼くんは待ってくれた。

やっと落ち着くと、翼くんは指輪を取り、私の薬指にそれをはめた。

「綺麗」

「似合ってる」

「ありがとう。でも私は翼くんに何も――」

翼くんは、首を横に振った。

「何を言ってるんだ。舞は俺に宝物をくれただろ？」

そう言って私のお腹に触れた。

「一つは、この子。そしてもう一つは君だよ、舞」

私たちは見つめ合い、唇を重ねた。

永遠の愛を誓うように。


それから安定期に入った頃私たちは、フランスへ旅立ち、ここでの生活にも少しだけ慣れてきた。

窓辺に佇《たたず》み、パリの街並みを眺めていると、

「舞、支度できた？」

と翼くんが大きなバッグを抱えながら玄関に向かった。

「ごめん、今行くね」

ふと、チェストに目を向けると、そこにはあのフォトフレームが。

これは以前社長からいただいた、フォトフレームだった。

いつかここに翼くんとの写真を飾りたい……。

それが私の小さな夢だった。

フォトフレームには最初の仏頂面の式の写真ではなく、フランスで挙げた式での幸せそうな笑顔の二人の写真が入っている。

だけど、まだ完全に叶ったわけじゃない。

実はフォトフレームには写真が二枚飾れるようになっている。

ここには私と翼くん――。

そしてこれから生まれてくる私たちの宝物。

三人の写真を飾る予定だ。

その写真ももうすぐ飾れそうだ。

「舞、お腹は大丈夫か？」

「うん、今は落ち着いてるよ」

恋愛感情が全くなかった私たち。

けれど、今は愛に満ち溢れた幸せいっぱいの新婚生活を満喫し、これから迎える三人での生活がとても待ち遠しいのです。

あとがき

こんにちは。望月沙菜です。

このたびは『幼馴染のエリート御曹司と偽装夫婦を始めたはずが、予想外の激愛を刻まれ懐妊しました』をお手に取っていただき、本当にありがとうございます。

さて、今回のお話、お楽しみいただけましたでしょうか。

作品の中には自分の実体験をヒントに書いたものが多いのですが、実際は、物語のようなロマンティックな展開は皆無《かいむ》です。

今回の実体験エピソードは、ガラスの割れるシーンです。

私的には甘々要素を盛り込んだのですが、現実は全く甘くなく……。

そもそもガラスを割ったのは犬で、踏んだのは私です。

二重構造のガラスですごく薄かったんです。

それを犬が前足で落として細かいガラスが床に広がって、大変でした。

もう大丈夫だろうと立ち上がった時、細いガラスを踏んでしまいました。

我が家に翼はいませんので、誰も助けてくれません。

犬は、なんか悪いことしたかも的に隠れて、上目遣いで私を見ているだけ。

しかも、刺さったガラスが、それはもうなかなか取れなくて……。

そのことを思い出し、自分の願望を詰め込みました。


さてこの作品に欠かせないイラスト。

今回担当してくださった木ノ下きの先生、素敵なイラストを描いてくださり本当にありがとうございました。

こうして完成した作品ですが、毎回毎回担当編集者様をはじめ、多くの方の助けがあって出来上がっています。

本当に感謝しております。

m a r m a l a d e b u n k o

サプライズベビーが結ぶ辣腕上司との赤い糸!?

ISBN 978-4-596-52132-3

妊娠したのは秘密ですが、極上御曹司の溺愛に墜ちて絡めとられました

望月沙菜

ある日立ち寄ったバーでイケメンに口説かれたつぐみは、これは男運ゼロの自分に神様からのプレゼントだと、一夜を共にしてしまう。ところが予想外の妊娠が発覚し、動揺するつぐみ。さらに、あの日の彼・棗が上司として現れ…!? 「君は俺のものだ」──御曹司の彼と自分は釣り合わないと思うのに、甘く強引に腕に抱かれる度、棗の熱情に溺れていき…。

甘くてほろ苦い。キュンとする恋♥　マーマレード文庫　定価 本体650円 +税

ファンレターの宛先

マーマレード文庫をお買い上げいただきありがとうございます。
この作品を読んでのご意見・ご感想をお聞かせください。

宛先　〒100-0004　東京都千代田区大手町 1-5-1 大手町ファーストスクエア
イーストタワー 19 階
株式会社ハーパーコリンズ・ジャパン　マーマレード文庫編集部
望月沙菜先生

マーマレード文庫特製壁紙プレゼント!

読者アンケートにお答えいただいた方全員に、表紙イラストの
特製 PC 用・スマートフォン用壁紙をプレゼントします。

詳細はマーマレード文庫サイトをご覧ください!!
公式サイト
@marmaladebunko

SNSもチェック!

マーマレード文庫

幼馴染のエリート御曹司と偽装夫婦を始めたはずが、予想外の激愛を刻まれ懐妊しました

2023年12月15日　第1刷発行　定価はカバーに表示してあります

著者　望月沙菜　©SANA MOCHIZUKI 2023
発行人　鈴木幸辰
発行所　株式会社ハーパーコリンズ・ジャパン
東京都千代田区大手町1-5-1
電話　03-6269-2883（営業）
0570-008091（読者サービス係）
印刷・製本　中央精版印刷株式会社

Printed in Japan ©K.K. HarperCollins Japan 2023
ISBN-978-4-596-53146-9

m a r m a l a d e b u n k o